KB023760

행복한 왕자

The Happy Prince

오스카 와일드 지음 | 김선희 옮김

더스토리

CHARLES ROBINSON

THE HAPPY PRINCE

And Other Tales

By OSCAR WILDE

Illustrated by CHARLES ROBINSON

DUCKWORTH & CO., COVENT GARDEN, LONDON

First published by David Nutt, May, 1888

Reprinted January, 1889; *February,* 1902; *September,* 1905; *February,* 1907; *March,* 1908; *March,* 1910

New Edition, reset. With illustrations by Charles Robinson, published by arrangement with David Nutt by Duckworth & Co., 1913

TO
CARLOS BLACKER

차례

행복한 왕자

도시 높은 곳, 높다란 기둥 위에 행복한 왕자의 동상이 서 있었다. 온몸은 순금으로 뒤덮이고, 눈에는 빛나는 사파이어 두 개가, 칼자루에는 반짝이는 커다란 빨간색 루비가 박혀 있었다.

사람들은 행복한 왕자의 동상을 보며 무척이나 놀라워했다.

"풍향계* 만큼이나 아름답군."

시의원 한 명은 이렇게 말했다. 그 사람은 자신의 예술적 취향을 사람들이 높이 평가해 주기를 바랐다.

"그다지 쓸모는 없지만 말이오."

---

* 옥상이나 범선 등에 설치하여 바람의 방향을 알려 주는 도구로, 보통 수탉 모양으로 되어 있다.

시의원은 사람들이 자신을 실용적이지 않은 사람으로 생각할까 봐 걱정스러워 덧붙였다. 시의원은 꽤 실용적인 사람이었다.

"행복한 왕자를 보렴. 행복한 왕자는 무슨 일이 있어도 눈물을 흘릴 생각은 안 해."

한 사려 깊은 엄마는 떼쓰며 우는 아이에게 이렇게 말했다.

"이 세상에 저렇게 행복한 사람이 있다는 게 기쁘군."

절망에 빠진 한 남자는 멋진 동상을 바라보며 중얼거렸다.

"정말 천사처럼 보여요."

선홍색 망토와 깨끗한 흰색 앞치마를 두른 보육원 아이들이 대성당에서 나오며 말했다.

"너희가 그걸 어떻게 아니? 너희는 천사를 본 적도 없는데."

수학 선생님이 말했다.

"아! 꿈에서 볼 수 있는걸요."

아이들의 대답에 수학 선생님은 얼굴을 찡그리

고는 엄한 표정을 지었다. 아이들의 몽상이 못마땅했기 때문이다.

어느 날 밤, 이 도시에 작은 제비 한 마리가 날아들었다. 친구들은 모두 6주 전에 이집트로 떠났지만, 이 제비는 홀로 남았다. 무척이나 아름다운 갈대와 사랑에 빠졌기 때문이다.

이른 봄, 제비는 커다란 노란색 나방 한 마리를 쫓아 강가로 날아가다 갈대를 만났다. 갈대의 호리호리한 허리에 흠뻑 빠진 제비는 갈대에게 말을 걸었다.

"널 사랑해도 될까?"

제비는 돌려 말하는 걸 싫어했다. 갈대는 대답 대신 제비한테 깍듯이 인사했다. 그러자 제비는 갈대 곁을 날고 또 날았다. 그러고는 날개로 물을 어루만지며 은빛 파문을 일으켰다. 제비는 그렇게 갈대의 관심을 끌었다. 제비의 구애는 여름 내내 이어졌다.

"정말 웃기는 집착이야. 갈대는 돈 한 푼 없는 데다 친척이 너무 많아."

다른 제비들이 재잘거렸다. 정말로 강가에 갈대

가 많았다. 가을이 다가오자 제비들은 모두 떠나가 버렸다.

홀로 남은 제비는 외로웠다. 게다가 자신이 사랑하는 갈대가 슬슬 지겨워졌다.

"갈대는 말 한마디 안 해. 나는 갈대가 바람둥이일까 봐 두려워. 항상 바람과 시시덕거리잖아."

정말로 바람이 불 때마다 갈대는 우아하게 몸을 굽혀 인사했다.

"갈대가 한군데서만 지낸다는 건 받아들이겠어. 하지만 나는 여행을 무척 좋아해. 그러니까 내 아내도 여행을 좋아해야 해."

제비가 갈대에게 말했다.

"나랑 같이 멀리 떠나지 않을래?"

하지만 갈대는 고개를 저었다. 갈대는 자기 집을 무척 좋아했다.

"너는 나를 하찮게 여겨. 나는 피라미드로 떠날 거야. 잘 있어!"

제비는 이렇게 소리치고는 곧장 날아가 버렸다. 제비는 하루 종일 날았다. 그러다 밤이 되어 이 도시에 도착했다.

"어디서 쉴까? 이 도시에 마땅한 곳이 있으면 좋겠는데."

제비는 쉴 곳을 찾아 두리번댔다. 그때 제비 눈에 높은 기둥 위에 있는 동상이 보였다.

"저기서 쉬어야겠어. 정말 근사한 곳이야. 신선한 공기도 맘껏 마실 수 있겠는걸."

제비는 행복한 왕자의 발치에 자리를 잡았다.

"황금 잠자리가 생겼네."

제비는 주변을 둘러보며 나지막이 혼잣말을 했다. 그러고는 잠잘 준비를 했다. 그런데 제비가 고개를 날개에 대자마자 커다란 물방울 하나가 톡 떨어졌다.

"정말 신기한 일이네! 하늘에는 구름 한 점 없고, 별은 초롱초롱 밝은데 비가 내리다니. 북유럽 날씨는 정말 끔찍해. 참, 갈대는 비를 좋아했어. 비가 자기 몸에 좋았으니까. 갈대는 역시 이기적이야."

제비가 소리쳤다.

그때 한 방울이 또 떨어져 내렸다.

"비를 피할 수 없다면 동상이 무슨 소용이야? 괜찮은 굴

뚝이라도 찾아 봐야겠다."

제비는 날아갈 채비를 했다. 그런데 제비가 날개를 펴기도 전에, 세 번째 물방울이 톡 떨어졌다. 제비는 하늘을 올려다보았다. 제비는 보았다. 아! 제비가 뭘 봤을까?

행복한 왕자의 두 눈에 그렁그렁 맺힌 눈물이 황금 뺨을 타고 주룩주룩 흘러내렸다. 별빛을 받은 왕자의 얼굴은 너무나 아름다워서 이 작은 제비는 동정심이 일었다.

"너는 누구니?"

제비가 물었다.

"나는 행복한 왕자야."

"그런데 왜 울고 있지? 너 때문에 내가 흠뻑 젖었잖아."

제비의 물음에 동상이 대답했다.

"내가 인간의 심장을 품고 살아 있을 때, 나는 눈물이 뭔지 알지 못했어. 슬픔 따위는 감히 들어오지 못하는 궁전에서 살았거든. 낮에는 정원에서 친구들과 놀고, 저녁에는 대연회장에서 춤을 추었지. 정원 주변은 아주 높은 벽으로 둘러쳐 있었어. 나는 벽 너머에 뭐가 있는지 물어볼 생각조차 하지 않았지. 나를 둘러싼 모든 게 너무나 아름다웠거든. 신하들은 나를 행복한 왕자라 불렀어. 나는 정말 행복했어.

그 시절 내가 느꼈던 기쁨이 행복이라면 나는 행복했지. 나는 그렇게 살다 죽었어. 내가 죽자, 사람들은 나를 여기 높은 곳에 세웠어. 나는 이곳에서 도시의 모든 추함과 모든 불행을 볼 수 있었어. 심장이 비록 납으로 되어 있었지만 눈물이 나는 건 어쩔 수 없었지."

"뭐? 저 동상의 심장이 순금이 아니라고?"

제비는 혼잣말을 했다. 제비는 무척 예의가 발랐기에 속마음을 그대로 드러내지는 않았다.

"저 멀리 멀리, 좁은 골목에 가난한 집이 한 채 있어. 열린 창문 사이로 한 여자가 탁자에 앉아 있는 게 보여. 얼굴은 홀쭉하게 야위었어. 손은 바늘에 자주 찔려 거칠고 시뻘개. 그 여자는 재봉사거든. 그 여자는 여왕이 총애하는 시녀가 궁중 무도회에서 입을 비단 드레스에 시계꽃을 수놓고 있어. 방구석 침대에는 여자의 어린 아들이 앓아누워 있고. 열이 펄펄 끓는 아이는 오렌지를 달라고 칭얼대. 하지만 여

자는 강에서 떠온 물 말고는 아들에게 먹일 게 없어. 그래서 여자는 지금 울고 있지. 제비야, 제비야, 사랑스러운 제비야, 내 칼자루에 박힌 루비를 빼내 저 여자에게 가져다주지 않을래? 내 다리가 여기 꽉 박혀 있어서 나는 꼼짝할 수가 없거든."

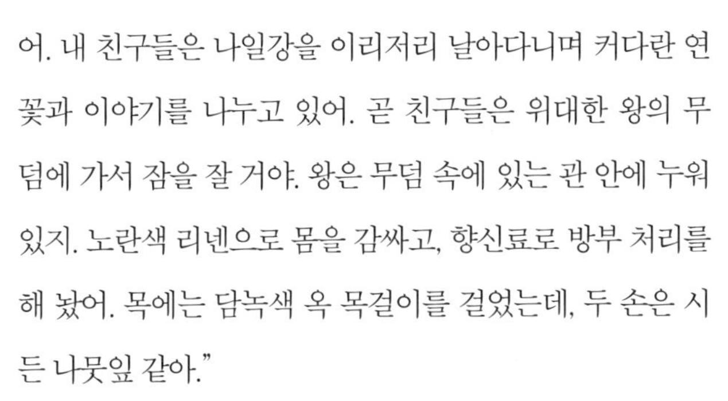

동상이 부드러운 목소리로 나지막이 말했다.

"나는 이집트로 가려고 기다리고 있어. 내 친구들은 나일강을 이리저리 날아다니며 커다란 연꽃과 이야기를 나누고 있어. 곧 친구들은 위대한 왕의 무덤에 가서 잠을 잘 거야. 왕은 무덤 속에 있는 관 안에 누워 있지. 노란색 리넨으로 몸을 감싸고, 향신료로 방부 처리를 해 놨어. 목에는 담녹색 옥 목걸이를 걸었는데, 두 손은 시든 나뭇잎 같아."

제비가 대답했다.

"제비야, 제비야, 사랑스러운 제비야, 하룻밤만 내 곁에서 내 심부름꾼이 되어 주지 않을래? 저 아이는 너무 목이 말라. 그래서 아이 엄마는 너무 슬퍼."

왕자가 말했다.

"나는 남자 녀석들을 좋아하지 않아. 지난여름, 내가 강가에 머물 때 말이야. 버르장머리 없는 녀석 둘이 있었어. 방앗간 집 아이들이었는데, 늘 내게 돌을 던져 댔어. 물론, 나를 제대로 맞추지는 못했지. 우리 제비는 재빨리 날아서 그런 일을 당하지 않거든. 게다가 나는 민첩함이 타고났지. 어쨌거나 아이들의 그런 행동은 틀림없이 무례한 짓이야."

제비의 대답에 행복한 왕자는 엄청 슬퍼 보였다. 순간, 작은 제비는 가여운 생각이 들었다.

"이곳은 무척 춥지만 하룻밤만 네 곁에 머물며 네 심부름을 해 줄게."

제비가 말했다.

"고마워, 사랑스러운 제비야."

제비는 왕자의 부탁대로 왕자의 칼자루에서 커다란 루비를 빼내 부리에 물고는 멀리 날아갔다. 제비가 대성당 탑을 지나갈 때 대성당 탑에는 하얀색 대리석 천사가 한창 조각되고 있었다. 제비가 궁전을 지날 때는 춤추는 소리가 들려왔다. 아름다운 소녀가 사랑하는 사람과 함께 발코니 밖으로 나왔다.

“별이 참 아름답네요. 사랑의 힘은 정말 대단해요!”

연인이 소녀에게 말했다.

“궁중 무도회에 늦지 않게 드레스가 준비되면 정말 좋겠어요. 드레스에 시계꽃을 수놓아 달라고 말해 두었어요. 그런데 재봉사가 어찌나 게으른지.”

소녀가 대답했다.

제비는 강 위를 지나다가 배의 돛대에 등불이 매달린 걸 보았다. 유대인 거리, 게토 위를 지날 때는 늙은 유대인들이 서로 흥정하며 구리 저울에 돈을 재는 모습도 보았다.

드디어 제비는 그 가난한 집에 도착해 집 안을 들여다봤다. 소년은 침대에서 이리저리 몸을 뒤척였다. 피곤에 지친 엄마는 깜빡 잠이 들었다. 제비는 통통 뛰어가 탁자 위로 갔다. 그러고는 여자의 골무 옆에 커다란 루비를 올려놓았다. 제비는 침대 주위를 조심스럽게 날며, 두 날개로 소년의 이마에 부채질을 해 주었다.

"열이 좀 내린 것 같아, 몸이 좀 나아지려나 봐."

소년은 이렇게 말하고는 달콤한 잠에 빠져들었다.

제비는 행복한 왕자에게 날아와 부탁한 일을 했다고 알렸다.

"정말 희한하게도 지금 꽤 따뜻한 기분이야. 날씨가 이렇게 추운데 말이야."

"네가 좋은 일을 해서 그렇지."

왕자가 말했다.

작은 제비는 왕자가 한 그 말에 대해 곰곰 생각을 하다 이내 잠이 들었다. 제비는 생각을 하면 늘 졸음이 몰려왔다.

날이 밝자 제비는 강으로 날아가 목욕을 했다.

"정말 진기한 현상이야. 겨울에 제비라니!"

새를 연구하는 교수가 다리를 건너며 말했다. 교수는 자기가 본 것을 지역 신문에 자세히 적어 보냈다. 많은 사람이 그 기사를 이야기했다. 그 지역 신문에는 사람들이 이해할 수 없는 기사로 가득했다.

"오늘 밤에 나는 이집트로 갈 거야."

제비는 이집트로 갈 생각에 무척 신이 났다. 온갖 공공기념물을 돌아다니고, 교회 뾰족탑 꼭대기에서 한참을 앉아 있었다. 제비가 가는 곳마다 참새들이 짹짹 울어 대며 이야기를 나누었다.

"정말 특이한 손님이야!"

참새들의 말에 제비는 무척 흡족했다.

달이 뜨자 제비는 행복한 왕자에게 날아갔다.

"내가 이집트에 가면 뭐 부탁할 일 없어? 나는 이제 떠날 거야."

제비가 말했다.

"제비야, 제비야, 사랑스러운 제비야, 하룻밤만 더 내 곁에 머물러 줄 수 없겠니?"

"친구들이 이집트에서 나를 기다리고 있어. 내일 친구들은 나일강 제2 폭포로 날아갈 거야. 그곳 파피루스 밭에는 하마가 누워 있고, 커다란 화강암 왕좌 위에는 멤논 왕이 앉아 있어. 멤논 왕은 밤새도록 별을 바라봐. 그러다 새벽별이 빛나면 기쁨의 함성을 지르고는 아무 말도 안 해. 한낮에는 누런 사자들이 물가로 어슬렁어슬렁 내려가 물을 마셔. 사자의 눈은 녹주석을 닮고, 사자의 울음소리는 폭포 소리보다 더 시끄러워."

"제비야, 제비야, 사랑스러운 제비야, 도시 저 멀리 젊은이 하나가 다락방에 있는 게 보여. 젊은이는 종이가 수북이 쌓인 책상에 앉아 있어. 옆에 놓인 큰 컵에는 시든 제비꽃 한 다발이 담겨 있어. 그 젊은이는 갈색 곱슬머리에 입술은 석류만큼이나 붉어. 커다란 눈동자는 꿈을 꾸는 듯해. 젊은이는 극장 감독에게 줄 희곡을 끝마치려 애쓰고 있어. 하지만 너무 추워서 더 이상 글을 쓸 수 없어. 난로 받침쇠 불이 꺼져 있거든. 게다가 젊은이는 배가 너무 고파 기절하기 직전이야."

왕자가 부탁했다.

"알았어, 하룻밤만 더 네 곁에 있어 줄게. 내가 그 사람한테 루비를 또 가져다주면 되는 거야?"

마음이 따뜻해진 제비가 물었다.

"아! 루비는 이제 없어. 남은 건 두 눈뿐이야. 두 눈에는 진귀한 사파이어가 박혀 있단다. 수천 년 전에 인도에서 가져왔지. 사파이어 하나를 뽑아 젊은이에게 가져다줘. 그러면 젊은이는 그걸 보석상에 팔아 음식과 장작을 사서 희곡을 마무리할 수 있을 거야."

왕자가 말했다.

"친애하는 왕자, 나는 그럴 수 없어."

제비가 흐느끼며 말했다.

"제비야, 제비야, 사랑스러운 제비야, 내 부탁을 들어줘."

결국 제비는 왕자의 사파이어 눈동자를 뽑아 젊은이의 다락방으로 날아갔다. 제비는 지붕에 난 구멍을 통해 재빨리 방 안으로 들어갔다. 젊은이는 두 손으로 머리를 감싸쥐고 있어서 새의 날갯짓 소리를 듣지 못했다. 문득 고개를 들어 보니, 아름다운 사파이어가 시든 제비꽃 위에 놓여 있었다.

"누군가 나를 인정해 주기 시작했어! 나를 흠모하는 누군가가 보낸 게 틀림없어. 이제 희곡을 완성할 수 있겠어."

젊은이는 무척 행복해 보였다.

다음 날, 제비는 항구로 날아갔다. 커다란 배의 돛대 위에 앉아 선원들이 짐칸에서 커다란 상자를 밧줄로 꺼내는 모습을 지켜보았다.

"영차!"

CHARLES ROBINSON

선원들은 상자를 올릴 때마다 소리쳤다.

"나는 이집트로 갈 거야!"

제비가 소리쳤지만 아무도 신경 쓰지 않았다. 달이 떠오르자 제비는 행복한 왕자에게 날아갔다.

"작별 인사를 하러 왔어."

제비가 소리쳤다.

"제비야, 제비야, 사랑스러운 제비야, 하룻밤만 더 내 곁에 있어 주지 않을래?"

왕자가 부탁했다.

"이제 겨울이야. 곧 차가운 눈이 내릴 거야. 지금 이집트는 초록 야자수에 햇살이 따스하지. 악어가 진흙에 누워 여유롭게 주위를 두리번거리고. 내 친구들은 바알베크* 신전에 둥지를 틀 거야. 분홍색, 흰색 비둘기들이 내 친구들을 지켜보며 구구 울어 대지. 친애하는 왕자, 나는 네 곁을 떠나야 해. 하지만 너를 절대 잊지 않을게. 내년 봄에는 아름다운 보석 두 개를 가져와 네가 내어준 그 자리에 다시 놓아 줄게. 루비는 붉은 장미보다 더 붉을 거야. 사파이어는

---

* 레바논의 도시로 로마 시대의 도시 유적지이다.

드넓은 바다만큼 푸를 거야."

제비가 대답했다.

"저 아래 광장에, 어린 성냥팔이 소녀가 서 있어. 성냥을 도랑에 빠트리는 바람에 모두 못 쓰게 되었단다. 집에 돈을 가져가지 못하면, 아버지는 소녀를 때릴 거야. 그래서 소녀는 지금 흐느끼고 있어. 신발도 없고 양말도 없어. 그 작은 머리에는 아무것도 쓰고 있지 않아. 나머지 내 사파이어 눈동자를 뽑아 저 소녀에게 가져다주렴. 그러면 아버지가 소녀를 때리지 않을 거야."

행복한 왕자가 말했다.

"하룻밤만 더 곁에 머물게. 하지만 네 눈동자를 뽑을 수는 없어. 내가 그렇게 하면 넌 아무것도 못 보게 되잖아."

제비가 말했다.

"제비야, 제비야, 사랑스러운 제비야, 내 부탁을 들어줘."

왕자가 간곡히 부탁했다. 제비는 어쩔 수 없었다. 제비는 왕자의 한쪽 사파이어 눈동자를 마저 뽑아 물고 재빨리 성냥팔이 소녀에게 날아갔다. 제비는 성냥팔이 소녀의 손에 보석을 떨어트렸다.

"정말 아름다운 유리 조각이네."

소녀는 이렇게 외치고는 웃으며 집으로 달려갔다.

제비는 왕자에게 돌아와 말했다.

"너는 이제 아무것도 볼 수 없구나. 이제 내가 네 곁에 항상 있어 줄게."

"아니야, 사랑스러운 제비야. 너는 이집트로 가야 해."

가엾은 왕자가 말했다.

"나는 항상 네 곁에 있을 거야."

제비는 이렇게 말하고는 왕자의 발 옆에서 잠이 들었다.

다음 날, 제비는 하루 종일 왕자의 어깨 위에 앉아 자신이 낯선 땅에서 본 것들을 들려주었다. 나일강 강둑에 길게 줄지어 서서 부리로 금붕어를 잡아먹는 붉은 따오기 이야기. 나이가 많아서 모르는 게 없는 스핑크스 이야기. 두 손에 호박 목걸이를 들고 낙타 옆에서 느릿느릿 걷는 상인들 이야기. 흑단처럼 검고 커다란 수정을 숭배하는 '달 산맥의 왕' 이야기. 야자수에서 잠을 자는 커다란 초록도마뱀과 그 초록도마뱀에게 벌꿀을 넣은 케이크를 먹이는 스무 명의

사제들 이야기. 커다란 나뭇잎을 타고 넓은 호수를 항해하며 늘 나비와 티격태격하는 피그미족 사람들에 관한 이야기였다.

"사랑스럽고 귀여운 제비야, 내게 정말 멋진 이야기를 들려주는구나. 하지만 그 어떤 이야기보다도 놀라운 건 사람들이 받는 고통에 대한 이야기야. 고통은 정말 커다란 수수께끼야. 사랑스러운 제비야, 큰 도시로 날아가서 거기서 본 것들을 들려주지 않겠니?"

제비는 왕자의 부탁대로 큰 도시로 날아갔다. 부자들이 아름다운 집에서 웃고 즐기는 동안 거지들은 문 옆에 앉아 있었다. 제비는 어두운 골목으로 날아갔다. 그곳에는 오랫동안 굶주려 창백해진 아이들이 멍한 눈길로 거리를 바라보고 있었다. 아치형 다리 밑에서는 작은 소년 둘이 서로 팔베개를 한 채 서로를 포근히 감싸 안으며 누워 있었다.

"정말 배고파 죽겠어!"

소년들이 말했다.

"여기 누워 있으면 안 돼."

야경꾼이 외쳤다. 그러자 소년들은 빗속으로 어슬렁어슬렁 걸어갔다.

제비는 왕자에게 날아와 자기가 본 것들을 모두 들려주었다.

그러자 행복한 왕자가 말했다.

"내 몸은 순금으로 덮여 있어. 그걸 모두 한 장 한 장 떼어 불쌍한 사람들에게 가져다줘. 사람들은 늘 황금이 자신을 행복하게 해 줄 거라고 생각하거든."

이번에도 제비는 왕자의 부탁대로 순금을 한 장 한 장 떼어 냈다. 행복한 왕자는 마침내 칙칙한 잿빛이 되었다. 제비는 떼어 낸 순금들을 가난한 사람들에게 가져다주었다. 아이들의 얼굴에 점점 혈색이 돌았다. 아이들은 거리에서 웃고 떠들며 놀았다.

"이제 빵을 먹을 수 있어!"

아이들이 소리쳤다.

이윽고 눈이 내렸다. 눈이 내리고 나자 서리가 내렸다. 거리는 마치 은으로 된 세상처럼 반짝반짝 빛났다. 집 처마에는 수정 단검처럼 생긴 기다란 고드름이 대롱대롱 매달렸다. 사람들은 모두 털옷을 입고 돌아다녔다. 아이들은 진홍색 망토를 입고 얼음 위에서 스케이트를 탔다.

불쌍한 작은 제비는 점점 더 추워졌다. 하지만 왕자 곁을 떠나지 않으려 했다. 제비는 왕자를 무척 사랑했다. 제비는 제빵사가 한눈 파는 사이 빵집 문밖에서 빵 조각을 쪼아 먹고, 날개를 펄럭이며 자기 몸에 온기를 불어 넣었다.

하지만 자신이 곧 죽으리라는 걸 알았다. 제비는 왕자의 어깨에 한 번 날아오를 만큼만 기운이 남아 있었다.

"잘 있어, 친애하는 왕자! 손에 입맞춤해도 될까?"

제비가 중얼거렸다.

"네가 마침내 이집트로 가게 되어 정말 기뻐, 사랑스러운 제비야. 너는 이곳에 너무 오래 머물러 있었어. 내 입술에 입을 맞춰도 좋아. 나는 너를 무척 사랑하니까."

왕자가 말했다.

"나는 이집트로 가지 않아. 나는 죽음의 집으로 갈 거야. 죽음은 잠과 형제라던데, 안 그래?"

제비는 이렇게 말하고는 행복한 왕자의 입술에 입을 맞추었다. 그러고는 왕자의 발 옆에 툭 떨어져 숨을 거두었다.

그 순간 동상 안에서 무언가 쩍 갈라지는 기이한 소리가 났다. 마치 뭔가가 부러지는 것 같았다. 납으로 된 심장이 둘로 갈라졌던 것이다. 심장은 끔찍하게도 딱딱한 얼음덩어리 같았다.

다음 날 아침 일찍, 시장이 시의원들과 광장을 걷고 있었다. 일행은 높다란 기둥 옆을 지나가다 동상을 올려다보았다. 시장이 말했다.

"세상에나! 행복한 왕자가 엄청 초라해 보이는군."

"정말 초라해 보이네요!

시의원들도 외쳤다. 시의원들은 늘 시장의 말에 맞장구를 쳤다. 사람들은 위로 올라가 동상을 살펴봤다.

"루비가 칼자루에서 떨어져 나갔어. 사파이어 두 눈동자도 사라지고. 순금도 다 벗겨져 나갔어. 거지꼴도 이보다

낫겠어!"

시장이 솔직히 말했다.

"거지만도 못해요."

시의원들은 그 말을 따라 했다.

"게다가 발 옆에는 제비 한 마리가 죽어 있어! 새들은 이곳에 와서 죽지 못한다고 발표해야겠소."

마을 서기가 시장의 제안을 받아 적었다. 사람들은 행복한 왕자의 동상을 끌어 내렸다.

"더 이상 아름답지 않으니 쓸모가 없지."

미술대학 교수가 말했다. 사람들은 동상을 용광로에 넣어 녹였다. 시장은 녹인 쇠붙이로 뭘 할지 결정하려고 회의를 열었다.

"물론, 다른 동상을 세워야 해. 이번에는 내 동상을 세울 것이다."

"아니, 내 동상을 세울 것이오."

시의원들이 제각각 말하며 서로 언쟁을 벌였다. 마지막까지도 사람들은 말다툼을 벌였다.

"정말 이상한 일이네! 이 깨진 납덩이 심장은 용광로에 넣어도 녹지를 않아. 그냥 내던져 버려야겠어."

주물 공장의 공장장이 말했다. 그래서 사람들은 납덩이 심장을 쓰레기 더미에 던져 버렸다. 그곳에는 죽은 제비도 누워 있었다.

"도시에서 가장 귀중한 것 두 개를 내게 가져오도록 해라."

하느님이 천사에게 말했다. 천사는 도시로 가서 신에게 드릴 납 심장과 죽은 새를 가지고 왔다. 그러자 하느님이 이렇게 말했다.

"제대로 잘 골라왔구나. 이 작은 새는 내 천국의 정원에서 영원히 노래를 부를 것이다. 행복한 왕자는 내 황금 도시에서 영원히 나를 찬양할 것이다."

나이팅게일과 장미

"그 여인은 내가 붉은 장미 한 송이를 가져오면 나와 춤추겠다고 했어. 하지만 우리 집 정원에는 붉은 장미가 피어 있지 않아."

어린 학생이 한탄했다.

털가시나무 둥지에 있던 나이팅게일이 그 소리를 들었다. 나이팅게일은 나뭇잎 사이로 빼꼼 내다보며 무슨 일인지 의아해했다.

"우리 집 정원에 붉은 장미가 한 송이도 없다니! 아, 이렇게나 사소한 것에 행복이 달려 있는데 말이야! 나는 현명한 이들이 쓴 책을 전부 읽었어. 비밀스러운 철학도 다 알고 있지. 그런데도 붉은 장미가 한 송이도 없으니 내 삶은 비참해."

학생의 아름다운 두 눈에 눈물이 고였다.

나이팅게일이 말했다.

"여기에 진정한 사랑꾼이 있군. 밤이면 밤마다 나는 그 사랑꾼을 노래했어. 그 사람이 누군지도 모른 채 말이야. 밤이면 밤마다 나는 별들에게 그 사랑꾼 이야기를 들려줬어. 이제 그 사람이 내 앞에 있어. 그 사람의 머리는 히아신스만큼이나 짙어. 입술은 자신이 바라는 장미만큼이나 붉어. 하지만 얼굴은 열정으로 창백해. 슬픔은 이마에 주름을 드리웠고 말이야."

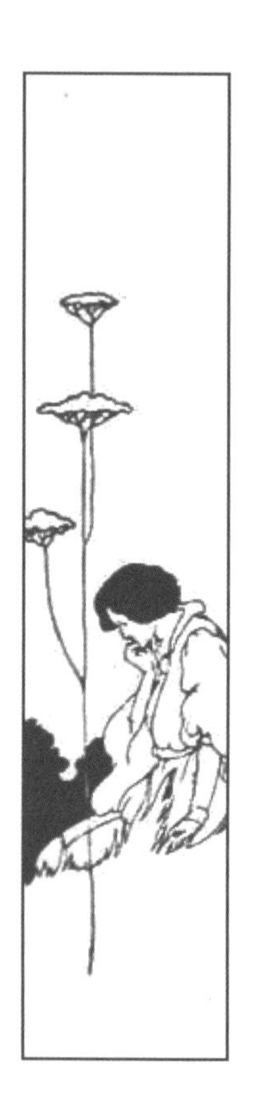

어린 학생은 중얼거렸다.

"내일 밤에 왕자가 무도회를 열 거야. 내 사랑도 거기에 가지. 만약 내가 붉은 장미 한 송이를 들고 가면, 내 사랑은 나랑 새벽까지 춤을 출 거야. 만약 내가 붉은 장미 한 송이만 가져가면, 나는 그 여인을 품에 안을 수 있을 거야. 여인은 내 어깨에 얼굴을 기대고 내 손을 꼭 잡겠지. 하지만 우리 집 정원에는 붉은 장미가 없어. 그러니 나는 혼자 외롭게 앉아 있고, 여인은 내 곁을 지

CHARLES ROBINSON

나쳐 가겠지. 나를 거들떠보지도 않을 테고. 그러면 내 심장은 부서질 거야."

나이팅게일이 말했다.

"여기 정말 진정한 사랑꾼이 있네. 나는 저 사람의 고통을 노래해. 그런데 내게는 기쁨인 게 저 사람에게는 고통이겠지. 분명 사랑은 놀라운 일이야. 에메랄드보다 값지고, 섬세한 오팔보다 소중해. 진주와 석류나무로도 사랑을 살 수는 없어. 또 사랑은 장터에 나와 있지도 않으니 상인들이 돈을 주고 살 수도 없어. 사랑은 금을 재는 저울에 올려 무게를 잴 수도 없지."

어린 학생은 풀밭에 털썩 주저앉아 두 손에 얼굴을 파묻고 흐느꼈다. 학생은 말했다.

"음악가들이 회랑에 앉아서 바이올린과 첼로를 연주할 거야. 그러면 내 사랑은 하프와 바이올린 소리에 맞춰 춤을 출 거야. 내 사랑은 무척 경쾌하게 춤을 추겠지. 발은 바닥에 닿지도 않을 거야. 화려한 옷을 차려입은 아첨꾼들이 여인 곁에 모여들 거야. 그래도 여인은 나와는 춤을 추지 않겠지. 내게는 붉은 장미 한 송이가 없으니까."

작은 초록도마뱀이 그 옆을 재빨리 지나가며 꼬리를 허공에 쳐든 채 물었다.

"저 사람은 왜 우는 거지?"

"그러게, 왜 우는 거야?"

나비가 햇빛을 쫓아 팔랑팔랑 날며 물었다.

"그러게, 왜 우는지 알아?"

데이지가 나지막한 목소리로 이웃에게 속삭여 물었다.

"붉은 장미 때문에 우는 거야."

나이팅게일이 대답했다.

"붉은 장미 때문이라고?
정말 터무니없네!"

모두 소리쳤다. 비아냥거리기를 좋아하는 작은 도마뱀은 대놓고 웃어 댔다. 하지만 나이팅게일은 그 학생의 슬픔에 담긴 비밀을 이해했다. 나이팅게일은 참나무 안으로 들어가 조용히 사랑의 미스터리를 생각했다.

그러다 나이팅게일은 불쑥 갈색 날개를 펴고는 하늘로 날아올랐다. 숲속을 아무도 모르게 그림자처럼 지나 정원으로 갔다.

잔디밭 한가운데에 아름다운 장미나무 한 그루가 서 있었다. 나이팅게일은 그 장미나무에게 날아가 나뭇가지 위에 사뿐히 내려앉았다.

"내게 붉은 장미 한 송이를 줄래? 그러면 널 위해 사랑스러운 노래를 불러 줄게."

나이팅게일이 큰 소리로 말했다.

장미나무는 고개를 절레절레 저었다.

"내 장미는 흰색이야. 바다 거품처럼 하얗고 산에 있는 눈보다 희지. 나 말고 오래된 해시계 근처에서 자라고 있는 다른 형제한테 가 봐. 어쩌면 그 형제는 네가 원하는 걸 줄지도 모르겠다."

그러자 나이팅게일은 오래된 해시계 근처에 서 있는 장미나무를 향해 날아갔다.

"내게 붉은 장미 한 송이를 좀 주렴. 그러면 널 위해 사랑스러운 노래를 불러 줄게."

이 장미나무도 고개를 절레절레 저었다.

"내 장미는 노란색이야. 호박 왕좌에 앉은 인어 머리카락만큼이나 노랗지. 풀 베는 사람이 커다란 낫을 들고 오기 전에 초원에 피는 나팔수선화보다 노랗지. 하지만 나 말고 그 학생의 방 창문 아래에서 자라고 있는 다른 형제한테 가 봐. 어쩌면 그 형제가 네가 원하는 걸 줄지도 몰라."

장미나무가 대답했다. 나이팅게일은 다시 학생의 방 창문 아래에 서 있는 장미나무에게로 날아갔다.

"내게 붉은 장미 한 송이를 줘. 그러면 널 위해 사랑스러운 노래를 불러 줄게."

나이팅게일이 소리쳤다.

이 장미나무도 고개를 절레절레 저었다.

"내 장미는 붉은색이야. 비둘기 다리처럼 붉지. 바다 동굴 속에서 이리저리 물결치는 거대한 산호초보다도 붉고 말이야. 하지만 겨울 동안 잎맥이 얼어 버리고, 서리에 봉우리가 얼어붙고, 폭풍에 나뭇가지가 부러졌어. 그래서 올해는 장미 한 송이도 피울 수 없어."

"나는 붉은 장미 딱 한 송이만 있으면 돼. 붉은 장미 딱 한 송이! 어떻게 하면 내가 그걸 얻을 수 있을까?"

나이팅게일이 소리쳐 물었다.

"방법이 있기는 있지. 하지만 너무 끔찍해서 너한테 그걸 말해 줄 수는 없어."

"말해 줘. 나는 두렵지 않아."

그러자 장미나무가 말했다.

"붉은 장미를 갖고 싶다면 말이야. 달빛을 받으

CHARLES ROBINSON

며 음악으로 장미를 피워야 해. 그리고 그 장미를 네 심장의 피로 붉게 물들여. 너는 가슴을 가시에 기댄 채 내게 노래해야 해. 밤새도록 말이야. 가시가 네 심장을 꿰뚫어야 해. 네 피가 내 잎맥으로 흘러들어 내 피가 되어야 하지."

"붉은 장미 한 송이를 얻으려고 죽어야 하다니, 정말 큰 대가인데. 생명은 무엇보다 소중한 거야. 초록이 우거진 숲에 앉아 있는 것, 황금 마차에 탄 태양을 지켜보는 것, 진주 마차에 탄 달을 보는 것도 즐거워. 산사나무 향은 달콤하지. 계곡에 숨은 야생의 히아신스도, 언덕 위에서 바람에 나부끼는 히스도 달콤해. 하지만 사랑은 생명보다 더 소중해. 인간의 심장과 비교해 새의 심장이 뭐가 그리 대단하겠어?"

나이팅게일은 이렇게 말하고는 갈색 날개를 쭉 펴고 하늘로 날아올랐다. 정원을 그림자처럼 지나 아무도 모르게 숲속으로 날아갔다.

어린 학생은 나이팅게일이 떠나왔을 때 있던 그 자리에 여전히 누워 있었다. 아름다운 두 눈에는 눈물이 아직 마르지 않았다. 나이팅게일이 소리쳤다.

"행복해야 해, 행복해야 해. 너는 붉은 장미를 갖게 될 거야. 내가 달빛을 받으며 음악으로 장미를 피워 낼 거야. 내 심장의 피로 장미를 물들일 거야. 그 대신 너한테 부탁할게. 너는 진정 사랑을 아는 사람이 되어야 해. 사랑은 철학보다 더 현명하고 권력보다 더 강력하거든. 사랑의 날개는 불꽃과도 같고, 사랑의 몸은 불꽃으로 물들어 있지. 그 입술은 꿀처럼 달콤하고, 그 숨결은 유향 같아."

학생은 풀밭에 누워 위를 올려다보며 귀 기울였다. 하지만 나이팅게일이 자신에게 하는 말을 이해할 수는 없었다. 학생은 책에 적힌 것만 알고 있었기 때문이다. 하지만 참나무는 나이팅게일의 그 말을 이해하고는 슬픔에 빠졌다. 참나무는 자신의 나뭇가지에 둥지를 튼 이 작은 나이팅게일을 많이 좋아했기 때문이다. 참나무가 속삭였다.

"마지막으로 내게 노래를 한 곡 불러 줘. 네가 떠나고 나면 무척 외로울 거야."

나이팅게일은 참나무에게 노래를 불러 줬다. 그 목소리는 은쟁반에 구르는 옥구슬 같았다. 나이팅게일이 노래를 마치자 학생이 자리에서 일어나 주머니에서 공책과 연필을 꺼냈다.

"새는 시를 아는군. 그걸 부정할 수는 없어. 하지만 새에게도 감정이 있을까? 없을까 두려워. 사실, 새는 대부분의 예술가들과 마찬가지로 어떤 진실함이 없어. 그저 형식뿐이야. 남을 위해 자신을 희생하려 들지 않아. 그저 음악만 생각해. 예술이 이기적이라는 건 누구나 알고 있어. 그럼에도 목소리에 정말 아름다운 음조가 있다는 건 인정해야 해. 하지만 그 목소리가 아무런 의미가 없다니, 아무런 쓸모도 없다니, 정말 안됐어.”

학생이 숲을 걸어 나가며 혼잣말했다. 학생은 자기 방으로 들어가 초라한 작은 침대에 누워 자신의 사랑을 생각하기 시작했다. 잠시 뒤에 학생은 잠이 들었다.

달이 하늘에 밝게 떠오르자, 나이팅게일은 장미나무에게 날아가 가시에 가슴을 댔다. 그러고는 그 모습으로 밤새도록 노래했다. 차가운 수정 같은 달이 몸을 아래로 기울여 나이팅게일의 노래를 들었다. 나이팅게일이 노래하는 동안 가시는 점점 더 깊이 나이팅게일의 가슴에 박혔다. 나이팅게일의 피가 몸에서 흘러나왔다.

처음, 나이팅게일은 소년과 소녀의 마음속에서 피어난 사랑의 탄생을 노래했다. 그러자 장미나무의 가장 높은 꽃가지에서 멋진 장미 한 송이가 피어났다. 노래가 이어지면서 꽃잎이 계속 피어났다. 장미는 처음에는 강물 위에 걸친 안개처럼 창백했다. 아침의 끝자락처럼 창백했다. 새벽의 날개처럼 은빛이었다. 은거울에 비친 장미 그림자처럼, 물웅덩이 속의 장미 그림자처럼, 나무의 가장 높은 꽃가지에 핀 장미는 그런 모습이었다. 하지만 장미나무는 크게 소리쳤다.

"더 바짝 가슴을 눌러, 사랑스러운 나이팅게일아! 안 그러면 장미가 완성되기도 전에 날이 밝아 버릴 거야."

나이팅게일은 가시에 더 바짝 가슴을 눌렀다. 나이팅게일이 남자와 여자의 영혼 속에 피어나는 열정을 노래하고 있었기에, 노랫소리는

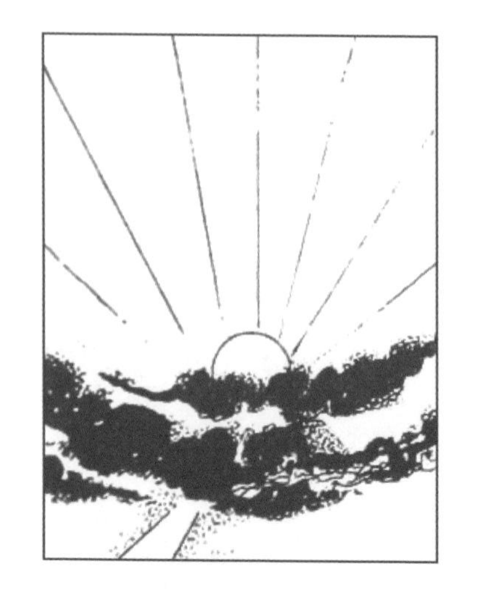

점점 더 커져 갔다. 이윽고 가냘픈 붉은빛이 장미 꽃잎으로 흘러 들어갔다. 신랑이 신부 입술에 입 맞추었을 때 신랑의 얼굴에 피어오르는 홍조 같았다. 하지만 가시는 아직 나이팅게일의 심장에 이르지 못했다. 장미의 심장은 여전히 흰색으로 남아 있었다. 나이팅게일의 심장에서 흘러나온 피만이 장미의 심장을 붉게 물들일 수 있었다. 장미나무는 더 크게 소리쳤다.

"더 바짝 눌러, 작은 나이팅게일아! 안 그러면 장미가 피기도 전에 날이 밝아 올 거야."

나이팅게일은 가시에 더 바짝 가슴을 눌렀다. 가시가 나이팅게일의 심장에 닿자, 온몸에 엄청난 고통이 일었다. 고통은 정말 쓰디썼다. 나이팅게일은 죽음으로 완성되는 사랑을, 영원한 사랑을 노래하고 있었기에 노래는 점점 더 거칠어졌다. 이제 장미는 동쪽 하늘의 장미처럼 붉게 물들었다. 꽃잎은 한 장씩 진한 붉은색이 되었고, 장미의 심장도 루비처럼 진한 붉은색이 되었다.

나이팅게일의 목소리는 점점 희미해져 갔다. 작은 날개가 퍼덕거리기 시작했다. 눈꺼풀이 스르르 감겼다. 노래는 점점 더 희미해지고, 뭔가 나이팅게일의 목구멍을 짓누르는 것 같았다.

결국 나이팅게일은 마지막 노래를 토해 냈다. 창백한 달은 그 음악을 들었다. 달은 새벽이 온 것도 잊고 하늘에서 꾸물거렸다. 붉은 장미도 그 음악을 들었다. 장미는 너무 황홀해 온몸을 파르르 떨었다. 그러고는 차가운 아침 공기 속에서 꽃잎을 벌렸다. 노래는 메아리가 되어 언덕에 있는 동굴로 흘러갔다. 노래는 동굴에서 잠자는 목동들을 깨웠다. 음악은 강의 갈대 사이로 둥둥 떠가며 바다까지 그 메시지를 싣고 갔다.

"봐, 보라고! 드디어 장미가 피

어났어.”

장미나무가 소리쳤다. 하지만 나이팅게일은 대답이 없었다. 심장에 가시가 박힌 채 웃자란 풀밭에 누워 죽어 있었다.

한낮이 되자, 학생이 창문을 열고 밖을 내다봤다.

“이런, 정말 엄청난 행운인걸! 여기 붉은 장미 한 송이가 피어 있네! 평생 이런 장미는 처음 봐. 너무 아름다워. 분명 이 꽃은 긴 라틴어 학명이 따로 있을 거야.”

학생은 몸을 숙여 그 꽃을 꺾었다. 그러고는 모자를 쓰고, 손에 장미 한 송이를 든 채 교수의 집으로 달려갔다. 교수의 딸은 대문간에 앉아 실패에 파란색 실크 실을 감고 있었다. 발 옆에는 작은 강아지가 누워 있었다.

"붉은 장미 한 송이를 가져오면 나랑 춤추겠다고 했지요? 여기 이 세상에서 가장 붉은 장미가 있어요. 오늘 밤 당신 가슴에 이 꽃을 달고, 나랑 춤을 춥시다. 그러면 내가 당신을 얼마나 사랑하는지 알게 될 겁니다."

학생이 외쳤다. 하지만 소녀는 얼굴을 찡그렸다.

"그 꽃은 내 드레스에 어울리지 않을 것 같군요. 게다가 궁정 고관의 조카가 내게 진짜 보석을 보내왔어요. 보석이 꽃보다 훨씬 값나가는 건 모두 알아요."

"아, 정말이지 당신은 감사할 줄 모르는군요."

학생은 화가 나서 소리쳤다. 그러고는 장미를 거리에 내동댕이쳤다. 장미는 도랑에 떨어져 데구루루 저만치 굴러갔다.

"감사할 줄 모른다고요? 있잖아요, 당신은 정말 무례하군요. 당신 도대체 누구예요? 그저 한낱 학생에 불과하잖아요. 궁정 고관의 조카처럼 당신 신발에 은장식이 달렸다고 해도 나는 당신을 안 믿어요."

소녀는 이렇게 말하고는 의자에서 벌떡 일어나 집 안으

로 들어가 버렸다.

"사랑이란 정말 어리석구나. 논리학의 반만큼도 쓸모가 없어. 사랑은 아무것도 증명하지 못하니까. 사랑은 늘 일어나지 않을 일에 대해 이야기해. 그리고 사랑은 사실이 아닌 것을 믿게끔 하지. 사랑은 정말 실용적이지 못해. 이 시대에 실용적인 것이야말로 정말 중요하다고. 나는 다시 철학으로 돌아가 형이상학을 공부하겠어."

학생은 걸어가며 혼잣말했다.

학생은 자기 방으로 돌아와 먼지투성이 커다란 책을 꺼내 읽기 시작했다.

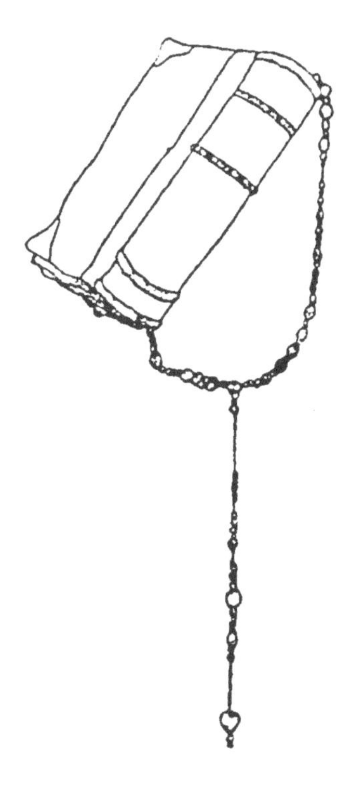

자기밖에
모르는
거인

매일 오후, 아이들은 학교에서 돌아오는 길에 거인의 정원으로 놀러 가곤 했다. 부드러운 잔디가 깔린 정원은 널찍하고 아주 근사했다. 여기저기 아름다운 꽃들이 잔디 위에 별처럼 피어 있었다. 복숭아나무 열두 그루는 봄이 되면 연분홍빛 진주처럼 자그마한 꽃망울을 터뜨리고, 가을이 되면 탐스러운 열매를 맺었다. 나무 위에 앉은 새들이 아름답게 노래를 부르면, 아이들은 뛰어놀다 새소리에 귀 기울이곤 했다.

"여기 진짜 좋다!"

아이들은 서로 마주보며 외쳤다.

그러던 어느 날, 거인이 돌아왔다. 거인은 사람을 잡아먹는다고 알려진 오거 친구를 만나러 멀리 콘월에 갔다가 그곳에서 7년을 보냈다. 7년이 지나자, 거인은 친구와 더 이상 할 얘기가 없어져 자기 성으로 돌아온 것이다. 그런데 집에 돌아와 보니, 정원에서 아이들이 뛰어놀고 있었다.

"여기서 뭣들 하는 거냐?"

거인이 퉁명스레 외치자, 아이들은 모두 달아나 버렸다.

"우리 집 정원은 나 혼자 써야 해. 알겠냐? 나 말고는 아무도 여기서 놀면 안 돼!"

거인은 정원 둘레에 높다란 벽을 쌓고 이렇게 알림판을 써 붙였다.

이곳에 들어오면
신고해 버리겠음!

정말 자기밖에 모르는 거인이었다. 가엾은 아이들은 이제 뛰어놀 곳이 없었다. 아이들은 길에서 놀려고 했지만, 길은 먼지가 많이 일었고 딱딱한 돌멩이들이 많아서 마음에 들지 않았다. 아이들은 학교가 끝나면 거인이 사는 성의 높다란 벽 주변을 어슬렁거리며 아름다운 정원을 이야기하곤 했다.

"저기가 정말 좋았는데……."

마침내 봄이 오고, 마을 곳곳에 자그마한 꽃들과 새들이 가득했다. 오직 자기밖에 모르는 거인의 정원만 여전히 겨울이었다. 아이들이 없으니 새들은 노래 부를 생각도 하지 않았다. 나무들은 꽃피우는 걸 잊어버리고 말았다. 한번은 예쁜 꽃이 잔디 사이로 고개를 내밀었다가 그 알림판을 보고는 아이들이 너무 딱하다는 생각에 도로 땅속으로 들어가 버렸다. 이런 정원이 반가운 것은 눈과 서리뿐이었다.

"봄이 이 정원을 잊어버렸나 봐. 그러니 우리가 여기서 일 년 내내 지내자."

눈은 커다란 하얀 외투로 잔디를 덮어 버리고, 서리는 나무란 나무는 모조리 은빛으로 칠해 버렸다. 그러고 나서는 북풍을 불러 함께 지내자고 했다. 북풍은 털로 온몸을 감싸고 하루 종일 으르렁거리며 정원을 돌아다녔다. 결국엔 굴뚝까지 무너뜨려 버렸다. 북풍이 말했다.

"여기 정말 멋진 곳인걸. 우박한테도 놀러 오라고 해야겠어."

그래서 우박도 왔다. 우박은 매일 세 시간씩 거인이 사는 성의 지붕을 덜걱덜걱 두드려 댔다. 그러더니 슬레이트

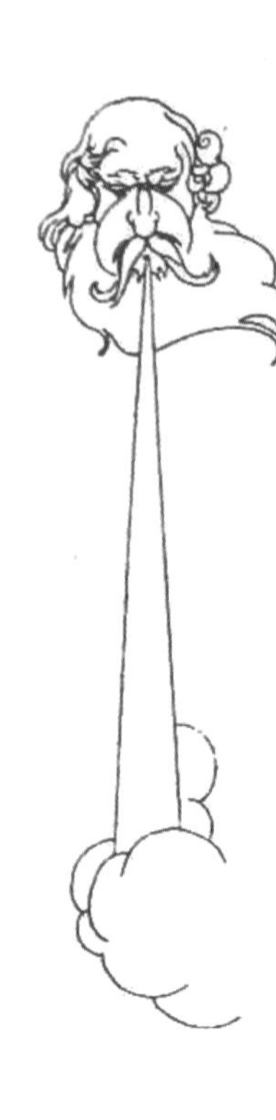

지붕을 다 부수어 버렸다. 우박은 정원을 있는 힘껏 쌩쌩 휘젓고 돌아다녔다. 우박은 회색 옷을 입었는데, 숨결은 얼음장과도 같았다.

"왜 이리 봄이 더디 오는지 모르겠어. 날씨가 얼른 바뀌었으면 좋겠는데."

자기밖에 모르는 거인은 창가에 앉아 싸늘하기만 한 새하얀 정원을 바라보며 말했다. 하지만 봄은 오지 않았다. 여름도 오지 않았다. 가을은 다른 정원에 황금빛 열매를 주었지만 거인의 정원엔 아무것도 주지 않았다. 가을은 이렇게 말했다.

"거인은 자기밖에 모른다니까!"

그렇게 그곳은 언제나 겨울이었다. 북풍, 우박, 서리, 눈이 나무 사이를 헤집고 다니며 춤을 추었다.

어느 날 아침, 거인은 침대에 누워 있다가 잠에서 깼다. 그때 아름다운 음악 소리 같은 게 들려왔다. 너무나 아름다워서 왕의 군대가 지나가는 게 틀림없다고 생각했다. 사실은, 작은 붉은가슴방울새가 창문 밖에서 노래하고 있었다. 거인은 새가 정원에서 노래 부르는 걸 실로 오랜만에 들었다. 그 소리는 세상에서 가장 아름다운 음악 소리 같았다.

마침내 우박이 고개를 쳐들고 춤추던 걸 그만두었다. 북풍도 잠자코 있었다. 달콤한 향내가 열린 창문 사이로 흘러들었다.

"이제야 봄이 왔군."

거인은 침대에서 뛰어나와 밖을 내다보았다. 거인은 무얼 보았을까? 거인은 이 세상에서 가장 놀라운 장면을 보았다. 성벽 작은 틈 사이로 아이들이 기어들어와 나뭇가지에 앉아 있었다. 아이들은 나무마다 모두 앉아 있었다. 한때 꽃망울로 뒤덮여 있던 나무들도 아이들이 돌아와서 무척이나 기뻤다. 나무들은 아이들 머리 위로 팔을 부드럽게 흔들어 주었다. 새들도 즐거워 이리저리 날아다니며 지저귀고, 꽃들은 푸른 잔디를 돌아보며 미소 지었다. 사랑스러운 모습이었다.

딱 한구석만 아직도 겨울이었다. 정원 저만치 구석에는 작은 소년이 서 있었다. 소년은 너무 작아서 나뭇가지에 오를 수 없어 슬피 울며, 나무 주위를 서성였다. 가엾은 나무는 여전히 서리와 눈

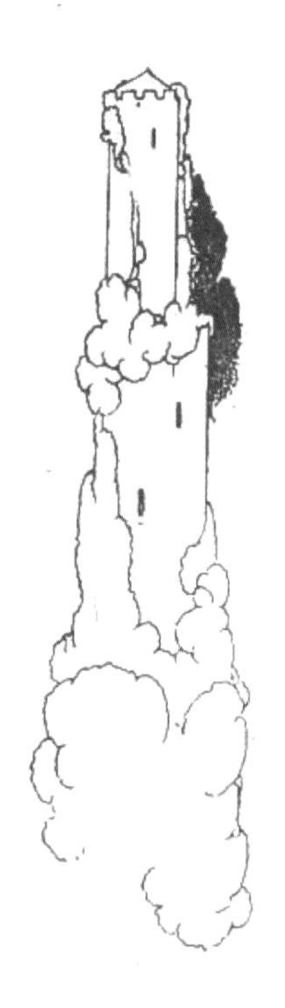

으로 뒤덮여 있었고, 북풍이 나무에 으르렁댔다.

"올라와, 아이야!"

나무가 최대한 가지를 낮추었지만 소년은 너무나 작았다. 거인은 그 소년을 바라보며 마음이 눈 녹듯 녹아내렸다.

"나는 나밖에 몰랐어! 왜 여기에 봄이 오지 않았는지 이제야 알겠어. 저 가엾은 아이를 나뭇가지에 올려 줘야겠군. 그러고 나서 벽을 허물어 버려야지. 내 정원은 아이들의 놀이터가 될 거야. 언제까지나."

거인은 아이들에게 못되게 굴었던 게 정말로 미안했다. 거인은 계단을 내려가 아주 조심스럽게 현관문을 열고 정원으로 나갔다. 아이들은 거인을 보자마자 겁을 집어먹고 달아나 버렸다. 그러자 정원은 다시 겨울이 되었다. 단, 그 작은 소년만 달아나지 않았다. 소년은 눈물 때문에 거인이 다가오는 걸 보지 못했기 때문이다. 거인은 소년의 뒤로 걸어가 소년의 손을 잡고 나뭇가지에 올려 주었다. 순간, 나무가 꽃망울을 터뜨리고 새들이 다가와 노래를 불렀다. 소년은 팔을 벌려 거인의 목을 감싸고 입을 맞추었다. 다른 아이들도 거인이 더 이상 무섭지 않다는 것을 알고는 뒤돌아왔다. 아이들과 함께 봄도 왔다.

CHARLES ROBINSON

"얘들아, 이곳은 이제 너희 정원이란다."

거인은 커다란 도끼를 가져와 벽을 허물어 버렸다. 낮 12시쯤, 시장에 가던 사람들은 생전 처음 보는 아름다운 정원에 거인이 아이들과 놀고 있는 모습을 보았다. 저녁이 되자, 아이들은 하나둘 거인에게 인사를 건넸다.

"그런데 너희 친구는 어디 있지? 내가 나뭇가지에 올려 준 아이 말이다."

거인은 그 소년이 너무나 사랑스러웠다. 소년이 자기 입에 입맞춤을 해 주었기 때문이다.

"모르겠는데요. 갔나 봐요."

아이들이 대답했다.

"그 아이한테 내일 여기 오라고 꼭 말해 주렴."

거인이 말했다. 그러나 아이들은 오늘 처음 그 소년을 보았고, 소년이 어디에 사는지 모른다고 말했다. 거인은 몹시 슬펐다.

매일 오후, 학교가 끝나면 아이들은 정원에 와서 거인과 놀았다. 그러나 거인이 좋아하는 소년은 다시는 보이지 않았다. 거인은 아이들에게 무척 잘해 주었지만 여전히 그 소년을 잊지 못해 이따금씩 이렇게 말했다.

"그 아이가 보고 싶구나!"

세월이 흘러, 거인은 나이도 들고 많이 쇠약해져서 더 이상 아이들과 놀아 줄 수 없었다. 거인은 커다란 안락의자에 앉아 뛰어노는 아이들을 지켜보았다. 그러면서 정원이 참 근사하다고 생각했다.

"예쁜 꽃들이 많구나. 그래도 아이들이 무엇보다 가장 아름다운 꽃이지."

어느 겨울날 아침, 거인은 옷을 입고 창밖을 내다보았다. 이제 겨울이 싫지 않았다. 그저 겨울 동안 봄이 잠을 자고, 꽃이 쉬고 있다는 것을 알았기 때문이다.

별안간 거인은 깜짝 놀라 눈을 비벼 댔다. 그리고 보고 또 보았다. 정말 눈부신 모습이었다. 정원 가장 구석진 곳에 있는 나무에 하얀 꽃들이 아름답게 피어 있었다. 가지는 모두 황금빛이었고 은빛 열매가 여기저기 매달려 있었다. 게다가 나무 아래에는 거인이 좋아했던 그 작은 소년이 서 있었다.

ROBINSON

거인은 너무 기뻐 서둘러 계단을 내려가 정원을 가로질러 갔다. 거인이 소년에게 가까이 다가갔을 때, 거인의 얼굴은 몹시도 화가 나 새빨갛게 변했다. 거인이 소리쳤다.

"누가 감히 네게 이런 짓을 했지?"

소년의 손과 발에 못 자국이 있었기 때문이다.

"누가 이렇게 했냐니까? 말해 보거라. 내 큰 칼을 가져다 그놈을 없애 버릴 테니."

"아니에요! 이건 사랑의 상처예요."

아이가 말했다. 무언가 이상하다고 생각한 거인이 그 작은 소년 앞에 무릎을 꿇었다.

"다, 당신, 누구시죠?"

소년은 거인에게 미소 지으며 말했다.

"언젠가 저를 당신의 정원에서 놀게 해 주셨지요. 오늘은 저와 함께 제 정원인 천국으로 가실 거예요."

그날 오후 아이들이 달려왔을 때, 거인은 나무 아래 숨을 거둔 채 누워 있었다. 하얀 꽃들이 거인의 온몸을 감싸고 있었다.

충직한 친구

어느 날 아침, 늙은 물쥐 한 마리가 구덩이에서 고개를 빼꼼 내밀었다. 물쥐의 작은 눈은 구슬처럼 빛나고, 회색 수염은 뻣뻣하고, 꼬리는 시커먼 고무처럼 길었다. 새끼 오리들이 연못에서 이리저리 헤엄치는데, 그 모습이 마치 노란 카나리아 무리처럼 보였다. 새빨간 다리에 몸통은 새하얀 털인 어미 오리는 새끼들에게 물속에 머리를 처박고 서는 법을 알려 주고 있었다.

"머리를 물속에 처박고 서는 법을 모르면 너희는 결코 최고의 사교계에 낄 수 없어."

어미 오리는 계속 이렇게 말하면서 가끔 물구나무서는 방법을 새끼들에게 보여 주기도 했다. 하지만 새끼들은 어미 말에 시큰둥했다. 새끼 오리들은 너무 어려서 사교계에 들어가는 것이 얼마나 좋은지 알지 못했기 때문이다.

늙은 물쥐가 소리쳤다.

"정말 이 녀석들은 말을 안 듣는군! 저러다 물에 빠져 죽어도 할 말이 없겠어."

"말도 안 돼요. 누구나 시작이 있는 법이라고요. 부모라면 인내심이 있어야지요."

어미 오리가 말했다.

"아! 나는 부모의 감정 따위는 몰라. 나는 가정적이지 않고 결혼한 적도 없지. 그럴 생각이 털끝만큼도 없고. 사랑은 그 나름대로 괜찮을지 모르지만, 우정이 그보다 훨씬 고귀한 법이지. 이 세상에서 충직한 친구보다 더 고귀하거나 진귀한 건 없어."

물쥐가 말했다.

"이런, 충직한 친구의 의무는 뭐라고 생각하는데?"

근처 버드나무 가지에 앉아 대화를 듣고 있던 방울새가 끼어들었다.

"그러게, 나도 그게 정말 알고 싶어."

어미 오리는 이렇게 말하고는 호수 가장자리로 헤엄쳐 갔다. 어미 오리는 또 새끼들에게 좋은 시범을 보여 주기 위해 물구나무를 섰다.

"정말 어리석은 질문이로군! 당연히 내 충직한 친구가 내게 충직하기를 바라지."

물쥐가 소리쳤다.

"그럼 당신은 그 대가로 뭘 해 줄 건데?"

작은 방울새가 은빛 꽃가지 위에 앉아 앙증맞은 날개를 퍼덕이며 물었다.

"무슨 말인지 도통 이해가 안 되는군."

"친구라는 주제에 대해 이야기 하나 들려줄게."

방울새가 말했다.

"나에 대한 이야기야? 그렇다면 그 이야기를 귀 담아 들을게. 나는 꾸며 낸 이야기를 정말 좋아하거든."

물쥐가 말했다.

"당신한테도 해당되는 이야기야."

방울새는 아래로 날아가 강둑에 사뿐히 내려앉았다. 그러고는 충직한 친구 이야기를 들려주기 시작했다.

"옛날 옛적에, 한스라는 정직하고 사랑스러운 친구가 살았어."

"뛰어난 사람이었어?"

물쥐가 물었다.

"아니, 나는 그 사람이 뛰어나다고 전혀 생각하지 않아. 그 사람은 친절한 마음씨와 웃기게 생긴 둥글둥글하고 선량한 얼굴을 제외하고는 내세울 게 없었어. 그 사람은 작은 오두막에 혼자 살았어. 매일 자기 정원에서 열심히 일했지. 그 사람의 정원만큼 근사한 곳은 주변에 눈을 씻고 봐도 없었어. 그 정원에서는 왕수염패랭이꽃, 패랭이꽃, 냉이, 프랑스산 페어메이드도 자랐지. 연분홍 장미, 노란 장미, 보랏빛 크로커스도 자랐어. 황금색, 자주색, 흰색 제비꽃도 피었지. 계절에 따라 매발톱꽃, 레이디목, 마조람, 야생 바질, 카우슬립앵초, 수선화, 카네이션이 차례대로 꽃을 피웠어. 꽃 하나가 지면 다른 꽃이 피어났지. 그래서 언제나 아름다운 꽃을 볼 수 있었고 향기로운 냄새를 맡

을 수 있었어."

방울새는 다시 이야기를 계속했다.

사랑스러운 한스에게는 친구들이 정말 많았어. 그중에서 가장 충직한 친구는 부자이면서 덩치가 큰 휴 밀러였어. 밀러는 한스에게 무척이나 충직해서, 한스의 정원을 그냥 지나치는 법이 없었지. 정원 벽 너머로 몸을 내밀어 커다란 꽃다발을 꺾거나, 달콤한 허브 한 움큼을 따거나, 열매가 열리는 계절이면 자기 주머니에 자두와 체리를 잔뜩 집어넣었지.

"진정한 친구는 모든 걸 나눠 가져야 해."

밀러는 이렇게 말하곤 했어. 그러면 한스는 고개를 끄덕이며 웃었어. 이처럼 고귀한 생각을 하는 친구를 무척 자랑스럽게 여겼지. 때때로 이웃 사람들은 부자 밀러가 한스에게 아무것도 보답해 주지 않는다고 생각했어.

정말 이상하다고 여겼지. 밀러는 자기 방앗간에 밀가루 수백 포대를 쟁여 놓고, 젖소를 여섯 마리나 키우고, 양떼도 엄청 많이 키웠거든. 하지만 한스는 굳이 이런 것을 문제 삼지 않았어. 진정한 우정에 대한 밀러의 생각을 듣는 게 큰 기쁨이었거든.

한스는 자신의 정원에서 계속 열심히 일했어. 봄, 여름, 가을에는 무척 행복했지. 하지만 겨울이 되면, 시장에 내다 팔 과일이나 꽃이 없었어. 추위와 배고픔으로 퍽 힘들었지. 종종 저녁 식사로 말린 배나 딱딱한 견과류 말고는 아무것도 먹지 못하고 잠자리에 들어야 했거든. 게다가 겨울에는 무척 외로웠어. 밀러가 겨울에는 한스를 보러 오지 않았거든.

"눈이 녹지 않고 남아 있을 때에 내가 한스를 보러 가는 건 별로 도움이 되지 않아. 사람이 고통스러울 땐 혼자 있어야 해. 손님한테 방해받으면 안 되지. 우정은 적어도 그래야 한다고 생각해. 나는 내가 옳다고 확신해. 나는 봄이 올 때까지 기다릴 거야. 봄이 되면 한스를 찾아갈 거야. 그러면 한스는 내게 바구니 한가득 달맞이꽃을 줄 수 있을 거야. 그 친구는 무척 행복해하겠지."

밀러는 아내한테 이렇게 말하곤 했어.

"당신은 다른 사람들에 대한 생각이 무척 깊네. 정말 사려 깊어. 당신이 우정에 대해 하는 말은 정말 듣기 좋아. 목사도 당신처럼 이렇게 아름다운 이야기를 하지 못할걸. 비록 목사는 3층짜리 집에 살며, 새끼손가락에 금반지를 끼고 있더라도 말이야."

안락의자에 앉아 있던 아내가 대답했어. 안락의자 옆에는 커다란 소나무 장작불이 타고 있었지.

"그런데 말이죠. 한스 아저씨한테 우리 집에 놀러 오라고 하면 안 돼요? 불쌍한 한스 아저씨가 힘들다고 하면, 나는 아저씨한테 내 포리지의 반을 내주고, 내 하얀 토끼들을 보여 줄 거예요."

밀러의 막내아들이 말했어.

"너 정말 멍청하구나! 널 학교에 왜 보냈는지 정말 모르겠다. 아무것도 배우지 못한 것 같으니 말이다. 얘야, 한스가 우리 집에 온다면 따뜻한 난로와 훌륭한 저녁 식사, 그리고 레드 와인 큰 통을 보고 분명 우리를 부러워할 거야. 부러움은 정말 끔찍해. 부러움은 사람의 본성을 망치거든. 나는 한스가 본성을 망치는 꼴을 절대로 두고 보지 않을 거야. 나는 한스의 단짝 친구이고, 늘 한스를 지켜보고 있어. 그 친구가 어

떤 유혹에도 넘어가지 않도록 지켜 주지. 그런데 한스가 우리 집에 온다면 그 친구는 외상으로 밀가루를 빌릴 수 있는지 내게 물어볼지도 몰라. 나는 그럴 수 없어. 밀가루는 밀가루고 우정은 우정이거든. 이 둘을 혼돈해서는 안 돼. 얘야, 단어가 각기 다르다는 건 그 의미가 서로 다르다는 거야. 누구나 그걸 알 수 있어."

밀러의 말을 듣던 아내가 커다란 잔에 따뜻한 맥주를 따라 마시며 말했어.

"당신은 말도 청산유수네! 나른하게 졸린 게, 마치 교회에 와 있는 것 같아."

밀러가 다시 말을 이었어.

"행동을 제대로 하는 사람은 많아. 하지만 이야기를 잘하는 사람은 드물지. 그건 말과 행동 중에서 말이 훨씬 더 어렵다는 뜻이야. 말이 훨씬 더 근사하다는 뜻이기도 하고."

밀러는 탁자 너머 막내아들에게 엄한 표정을 지어 보였어. 막내아들은 부끄러워서 고개를 푹 숙였어. 얼굴이 꽤 붉어지더니, 찻잔에 눈물을 뚝뚝 흘리기 시작했어. 하지만 막내아들은 너무 어리니까 용서해 줘야 해.

"이야기 다 끝난 거야?"

물쥐가 물었다.

"당연히 아니지. 이제 시작에 불과해."

"그렇다면 너는 시대에 꽤 뒤떨어진 거야. 요즘 훌륭한 이야기꾼이라면 누구나 끝부터 시작해서 도입 부분으로 넘어가. 결론은 중간에 넣지. 그게 새로운 방식이라고. 언젠가 젊은이랑 호수를 산책하던 비평가가 하는 말을 다 들었거든. 비평가는 그 문제를 장황하게 말했어. 나는 그 사람 말이 틀림없이 맞다고 확신해. 그 사람은 우울한 색안경을 쓰고 세상을 보는 데다 대머리였거든. 젊은이가 무슨 말을 할 때마다 비평가는 늘 이렇게 대답했지. '흥!' 그나저나 네 이야기나 계속해 봐. 나는 밀러가 무척 마음에 들어. 내 안에도 온갖 아름다운 생각이 있어. 그러니 우리 둘은 아주 비슷한데."

물쥐가 말했다. 방울새는 이리저리 종종거리며 이야기를 계속했다.

음, 겨울이 끝나고 달맞이꽃이 연노랑 별꽃을 피우자마자, 밀러는 아내한테 한스를 보러 가겠다고 말했어. 그러자 아내가 이렇게 소리쳤지.

"여보, 당신 정말 마음이 따뜻하네! 당신은 늘 다른 사람들을 생각한다니까. 꽃을 담아 오게 커다란 바구니 꼭 챙겨 가."

잠시 뒤, 밀러는 한스가 사는 오두막에 도착했어.

"잘 있었나, 한스."

"자네도 잘 지냈나?"

한스가 삽에 몸을 기댄 채 얼굴 가득 함박웃음을 지으며 말했어.

"겨울 동안 어떻게 지냈나?"

밀러가 물었어.

"음, 잘 지냈지. 물어봐 줘서 정말 고맙네. 정말 고마워. 정말 힘든 시간을 보냈지만, 이제 봄이 되어서 정말 행복해. 내 꽃들이 아주 잘 자라고 있거든."

한스가 대답했어.

"우리는 겨울 동안 자네 이야기를 자주 했지, 한스. 자네가 어떻게 지내는지 늘 궁금했어."

"정말 친절하군. 자네가 날 잊었으면 어쩌나 살짝 걱정했었거든."

"한스, 그런 말을 하다니 깜짝 놀랐네. 우정은 절대 친구를 잊는 법이 없지. 그게 바로 우정의 놀라운 점이야. 나는 자네가 시적인 삶을 이해하지 못할까 두렵네. 그건 그렇고, 자네 달맞이꽃은 정말 탐스러워 보이는군."

"정말 탐스럽지. 이렇게 꽃이 많이 피다니, 얼마나 큰 행운인지 몰라. 나는 이 꽃을 시장에 가져가서 시장님의 딸에게 팔 거야. 그 돈으로 내 손수레를 되찾아 올 거야."

한스가 말했어.

"손수레를 되찾아 온다고? 설마 손수레를 판 건 아니지? 정말 멍청한 짓을 저질렀군!"

"음, 나도 어쩔 수 없었어. 자네도 알다시피 겨울은 내게 무척 혹독한 시기야. 빵 살 돈이 한 푼도 없었어. 그래서 처음에는 내가 가진 가장 좋은 코트에서 은 단추를 떼어서 팔았어. 그러고는 은 목걸이도 팔고, 커다란 파이프도 팔고, 마침내 손수레도 팔았지. 이제는 그걸 다 되찾아 오려고."

"한스, 내 손수레를 자네한테 주겠네. 수리가 잘 되어 있지는 않아. 사실, 바퀴 하나가 없고, 바큇살도 문제가 좀 있어. 그래도 그걸 자네한테 주겠네. 내가 무척 넉넉한 사람인 거 나도 알아. 사람들은 내가 내 손수레를 이렇게 떠나보내는 게 정말 바보 같다고 생각할 거야. 하지만 나는 세상 사람들과 달라. 나는 관대함이야말로 우정의 근본이라고 생각하네. 게다가 나는 손수레를 새로 장만했어. 그래, 자네 마음이 편안해졌으면 좋겠어. 내가 자네한테 내 손수레를 줄 테니까."

밀러가 말했어.

"음, 정말이지, 자네는 정말 관대하군. 내가 자네 손수레를 쉽게 고칠 수 있을 거야. 우리 집 헛간에 나무판자가 하나 있거든."

사랑스러운 한스가 말했어. 우스꽝스러운 둥글둥글한 얼굴이 기쁨으로 환하게 빛났지.

"나무판자라고? 이봐, 우리 헛간 지붕에 나무판자가 꼭 필요해. 지붕에 커다란 구멍이 하나 났거든. 내가 그 구멍을 막지 않으면 옥수수가 전부 비에 쫄딱 젖고 말 거야. 자네가 그 말을 해 주니 정말 다행이야! 착한 일을 하면 좋은 일이 하나 굴러 들어온다는 게 정말 놀랍지 않은가? 내가 자네한테 내 손수레를 주었으니, 이제 자네는 내게 자네의 나무판자를 주겠지. 물론, 손수레는 나무판자보다 훨씬 값져. 하지만 우정은 굳이 그렇게 따지지 않지. 그 나무판자를 얼른 가져오게나. 오늘 당장 우리 헛간 지붕을 고쳐야겠어."

"그렇고말고."

한스는 큰 소리로 대답하고는 헛간으로 달려가 나무 판자를 꺼내 왔어.

"그다지 크지는 않군. 우리 헛간 지붕을 수리하고 나서 판자가 남아 있을지 걱정이야. 자네도 손수레를 고쳐야 하는데 말이야. 물론 내 잘못은 아니야. 참, 내가 자네한테 내 손수레를 줬으니, 자네가 보답으로 내게 꽃을 좀 주고 싶을 거야. 여기 바구니에 한가득 담아 주면 좋겠어."

밀러가 나무판자를 살펴보며 말했어.

"한가득이라고?"

사랑스러운 한스가 애처롭게 말했어. 정말 엄청 큼지막한 바구니였거든. 그 바구니를 가득 채워 주면 시장에 내다 팔 꽃이 없었지. 한스는 자신의 은 단추를

얼른 되찾아 오고 싶었거든.

"음, 자네한테 내 손수레를 줬으니, 꽃 몇 송이를 달라고 부탁하는 게 지나친 것 같지는 않은데. 내가 틀렸을지도 모르지만, 나는 진정한 우정이란 이기적인 마음이 조금도 없어야 한다고 생각해."

밀러가 말했지.

"내 친애하는 친구, 내 최고의 친구! 우리 정원에 핀 꽃들은 모두 자네를 환영하네. 내 은 단추보다 자네의 훌륭한 생각이 언제나 더 가치가 있지."

한스는 이렇게 소리치고는 아름다운 달맞이꽃을 모조리 꺾어 밀러의 바구니에 한가득 담아 주었어.

"잘 있게, 사랑스러운 한스."

밀러는 어깨에는 나무판자를 짊어지고 손에는 커다란 꽃바구니를 들고 언덕을 올랐어.

"잘 가게."

한스는 다시 삽으로 흥겹게 땅을 파기 시작했지. 손수레를 생각하니 무척 기뻤거든.

다음 날, 한스는 현관문에 인동초를 걸어 두고 있었어. 그때 자신을 부르는 밀러의 목소리가 길가에서 들려왔어. 한스는 사다리에서 얼른 뛰어 내려와 정원 벽 너머를 살펴봤지. 밀러가 등에 커다란 밀가루 부대 하나를 짊어지고 있었어.

"친애하는 한스, 나 대신 이 밀가루를 시장에 좀 가져다주지 않겠나?"

"아, 정말 미안하네. 나는 오늘 무척 바빠. 덩굴 식물을 모두 고정시켜 놔야 해. 꽃에 물도 줘야 하고. 게다가 풀도 뽑아 줘야 해."

한스가 대답했어.

"음, 내 생각에는 말일세. 내가 자네한테 내 손수레를 주기로 했는데, 자네가 내 부탁을 거절하다니 자네 좀 냉정한 것 같군."

밀러가 말했어.

"그런 말 말게. 나는 이 세상 누구에게든 냉정하지 않으려고 해."

한스는 억울한 듯 크게 소리쳤어. 그러고는 집 안으로 얼른 달려가 모자를 쓰고 나왔지. 한스는 어깨에 커다란 부대를 짊어지고 터벅터벅 길을 나섰어. 무척 더운 날이었지. 길에는 먼지가 엄청 일었어. 10킬로미터도 못 가서 한스는 너무 지쳐 잠깐 앉아 쉬어야 했어. 쉬고 나서도 한스는 계속 씩씩하게 길을 걸어갔어. 마침내 한스는 시장에 도착했지. 그곳에서 조금 기다린 뒤, 밀가루 한 부대를 아주 좋은 가격에 팔았어. 한스는 곧장 집으로 돌아왔지. 시간이 너무 늦으면 길에서 강도를 만날까 두려웠거든.

'정말 힘든 하루였어. 하지만 밀러의 부탁을 거절하지 않아서 정말 기뻐. 밀러는 가장 좋은 친구잖아. 게다가 밀러는 내게 자기 손수레를 주기로 했으니까.'

한스는 잠자리에 들며 생각했어.

다음 날 아침 일찍, 밀러는 자신의 밀가루 부대 값을 받으러 한스 집에 들렀지. 하지만 한스는 너무 피곤해서 아직도 침대에서 자고 있었어. 밀러가 소리쳤지.

"세상에나! 자네는 너무 게으르군. 자네한테 내 손수레를 주기로 했을 때는 자네가 더 열심히 일할 거라고 생각했어. 게으름은 커다란 죄악이야. 내 친구 중 누구라도 빈둥대거나 나태한 꼴은 정말이지 보기 싫네. 내 말이 너무 솔직하다고 생각해서는 안 돼. 물론 내가 자네 친구가 아니라면, 나도 그런 말은 꿈도 꾸지 않지.

하지만 진심을 말하지 못한다면 우정이 무슨 소용이란 말인가? 누구나 듣기 좋은 말을 해서 기분 좋게 하고 알랑거릴 수는 있어. 하지만 진정한 친구는 기분 나쁜 말도 해 준다네. 뼈아픈 말도 마다하지 않지. 진정한 친구라면 이런 말을 마다하지 않을 걸세. 그렇게 하는 게 옳은 일이라는 걸 잘 알고 있으니까."

"정말 미안하네. 하지만 나는 너무 피곤했어. 침대에 누워 새소리를 좀 더 듣고 싶었어. 새들이 노래하는 소리를 듣고 나면 내가 일을 더 잘한다는 거, 자네도 알지?"

한스가 눈을 비비고 취침용 모자를 벗으며 말했어.

"음, 그 말을 들으니 기쁘군. 자네가 얼른 옷을 갈아입고 우리 집 방앗간으로 와서 헛간 지붕을 고쳐 주길 바라네."

밀러가 한스의 등을 툭 치며 말했어.

가엾은 한스는 빨리 자기 집 정원으로 나가 일하고 싶었어. 이틀 동안 꽃밭에 물을 주지 못했거든. 하지만 밀러의 부탁을 거절하고 싶지는 않았어. 밀러는 한스에게 정말 좋은 친구였으니까.

"내가 바쁘다고 말하면 자네는 내가 냉정하다고 생각하겠나?"

한스는 소심한 목소리로 조심스럽게 물었어.

"음, 내가 자네한테 이런 부탁을 하는 게 지나치다고 생각하지는 않아. 내가 자네한테 내 손수레를 준다고 말했으니까. 물론 자네가 거절하면 내가 가서 할 수밖에."

밀러가 대답했지.

"아! 그럴 수야 없지."

한스는 곧바로 침대에서 펄쩍 뛰어나와 옷을 갈아입고 밀러네 헛간으로 갔어. 한스는 그곳에서 해가 질 때까지 하루 종일 일했어. 해가 질 즈음에야 밀러가 모습을 드러냈지.

"지붕에 난 구멍을 아직도 못 고쳤나, 한스?"

밀러가 경쾌한 목소리로 물었어.

"썩 잘 고쳤어."

한스가 사다리에서 내려오며 대답했어.

"아! 정말이지 누군가 다른 사람을 위해 일하는 것보다 더 기쁜 일은 없지."

밀러의 말에 한스는 자리에 앉아 이마를 닦으며 대답했어.

"자네 생각을 듣는 건 대단한 특권이야. 엄청 대단한 특권이고말고. 안타깝게도 나는 자네처럼 아름다운 생각을 못 할 거야."

"아! 아름다운 생각이 자네한테도 찾아올 거야. 하지만 자네는 좀 더 고통을 감수해야 해. 지금 자네는 우정을 실천하고 있을 뿐이야. 언젠가 우정에 대한 아름다운 생각도 품게 될 걸세."

밀러가 말했어.

"내가 그럴 수 있다고 생각하나?"

한스가 물었어.

"당연하지. 이제 그만 지붕을 다 고쳤으니, 집에 가서 쉬는 게 좋겠어. 내일 자네가 내 양들을 몰고 산으로 가 줬으면 하거든."

불쌍한 한스는 밀러의 말에 토를 다는 게 두려웠어.

다음 날 아침 일찍, 밀러는 자신의 양들을 한스네 오두막 근처로 데리고 왔어. 한스는 양들을 끌고 산에 올랐지. 산에서 내려오니 꼬박 하루가 다 걸렸어. 집에 돌아온 한스는 너무 피곤해서 의자에 앉아 꾸벅꾸벅 잠이 들어 버렸어. 한스는 해가 중천에 뜰 때까지 일어나지 못했지.

"이제야 내 정원에서 일할 수 있겠어. 정말 기뻐."

한스는 이렇게 말하고는 곧바로 정원으로 나갔지. 하지만 한스는 어쩐 일인지 자기 꽃밭을 전혀 돌볼 수 없었어. 친구 밀러가 늘 찾아와서는 멀리까지 심부름을 시키거나 방앗간 일을 도와달라고 했기 때문이야. 한스는 너무나 절망스러웠어. 꽃들이 자기들을 잊

CHARLES ROBINSON

어버렸다고 생각할까 봐 안타까웠어. 하지만 밀러가 가장 좋은 친구라는 걸 떠올리며 스스로 위안 삼았지.

"밀러는 자기 손수레를 내게 줄 거야. 그건 참으로 관대한 행동이야."

한스는 이렇게 말하곤 했어. 한스는 밀러를 위해 기꺼이 일했지. 밀러는 온갖 아름다운 말로 우정을 이야기했어. 한스는 그 말을 공책에 적어 두고, 밤에 반복해서 읽었어. 한스는 아주 잘 배우는 사람이었거든.

그러던 어느 날 저녁, 한스가 난롯가에 앉아 있을 때, 문을 쿵쿵 두드리는 소리가 들려왔어. 날씨가 무척 사나운 밤이었지. 바람이 집 주변에서 불어 대며 엄청 요란하게 으르렁거렸어. 처음에 한스는 폭풍 때문에 문이 덜컹거린다고 생각했어. 곧 문을 다시 쿵쿵 두드리는 소리가 들려왔어. 훨씬 더 요란하게 말이지.

"불쌍한 나그네인가 보네."

한스는 혼잣말을 하고 문으로 달려갔어. 그런데 문을 여니 밀러가 한 손에는 랜턴을, 다른 손에는 커다란 지팡이를 들고 서 있었어.

"사랑하는 한스, 내가 지금 큰 곤경에 처했네. 막내아들 녀석이 사다리에서 떨어져 다쳤어. 나는 의사 선생님을 부르러 가는 길이야. 그런데 의사 선생님은 너무 멀리 떨어진 곳에 살아. 게다가 날씨가 너무나 사나운 밤이야. 고민하다가 자네 생각이 났어. 나 대신 자네가 의사 선생님에게 가 주면 훨씬 좋을 거라고 말이야. 내가 자네에게 내 손수레를 주려는 거 알고 있지? 그러니 자네가 나를 위해 뭔가를 보답해 주는 게 공평해."

"그렇고말고. 자네가 날 찾아오다니 정말 고맙네. 내가 당장 가겠네. 하지만 자네 랜턴 좀 빌려주게. 밤이 너무 어두워서 도랑에 빠질까 걱정스럽거든."

그러자 밀러는 이렇게 말했지.

"정말 유감이지만 이건 새로 산 랜턴이야. 이 랜턴이 망가지면 정말 안 되거든."

"음, 신경 쓰지 말게. 랜턴 없이 다녀올 테니까."

한스는 두툼한 털옷을 꺼내 입고, 따뜻한 진홍색 모자를 쓰고, 목에 목도리를 두르고는 집을 나섰지. 정말 끔찍하게도 사나운 폭풍이었어! 밤은 칠흑처럼 어두워서 앞이 제대로 보이지도 않았어. 바람이 너무 거세서 서 있기조차 버거웠지. 하지만 한스는 무척 용감했어. 세 시간 정도 걷고 난 뒤, 마침내 의사 집에 도착해 문을 쾅쾅 두드렸어.

"거기 누구요?"

의사가 침실 창문 밖으로 고개를 내밀며 외쳤지.

"한스입니다, 의사 선생님."

"자네가 웬일인가, 한스?"

"밀러 막내아들이 사다리에서 떨어져 다쳤어요. 밀러가 선생님께서 당장 와 주셨으면 합니다."

"알았네!"

의사는 말, 커다란 부츠, 랜턴을 준비하라고 시키고 아래층으로 내려왔어. 의사는 밀러네 집 방향으로 말을 몰고 갔지. 한스는 그 뒤를 터벅터벅 걸었어. 폭풍은 점점 더 사나워졌어. 비도 억수같이 퍼부었어. 한스는 자신이 지금 어디로 가는지 보이지도 않았어. 말을 따라갈 수도 없었지. 결국 한스는 길을 잃고 황무지에서 헤맸어. 그곳은 무척 위험한 곳이야. 거기에는 깊은 웅덩이가 잔뜩 있었어. 불쌍한 한스는 그곳에 빠져 죽었지.

다음 날, 염소 치기들이 한스의 시체를 찾아냈어. 커다란 물웅덩이에 둥둥 떠 있는 걸 한스의 오두막으로 데리고 왔지.

많은 사람이 한스의 장례식에 왔어. 한스는 인기가 무척 많았거든. 밀러가 장례식을 맡아 진행했어.

"한스의 가장 좋은 친구로서, 내가 최고의 자리에 앉는 게 당연해."

밀러는 기다란 검은 망토를 입고 행렬 맨 앞에 서서 걸었어. 그리고 커다란 손수건으로 이따금 눈물을 훔쳐 냈지. 장례식이 끝나자 대장장이가 말했어.

"한스를 잃은 건 우리 모두에게 커다란 손실이야."

모두 여인숙에 편안하게 앉아, 향긋한 와인을 마시며 달콤한 케이크를 먹고 있었어.

“나만큼 커다란 손실이 어디 있겠나? 이봐, 나는 한스에게 내 손수레를 줄 만큼 친절했어. 그런데 지금 그 손수레를 어떻게 해야 할지 정말 모르겠어. 그 손수레는 우리 집에 있기에는 무척 거추장스러워. 수리가 제대로 되어 있지 않아 팔아 봤자 돈도 안 된다고. 앞으로 나는 뭐든 남에게 주지 않도록 각별히 신경 쓸 거야. 관대하게 행동하는 사람은 늘 삶이 고달프다니까.”

밀러가 이렇게 말했지.

“뭐라고?”

물쥐가 한참을 뜸들이다 말했다.

“뭐긴 뭐야, 이게 끝이지.”

방울새가 대답했다.

“밀러는 어떻게 되었는데?”

물쥐가 물었다.

“실은 나도 몰라. 내가 왜 그걸 신경 써야 하지?”

방울새가 대답했다.

“그렇다면 너는 확실히 동정심이라고는 눈곱만큼도 없는 거야.”

물쥐가 말했다.

"안타깝게도 네가 이야기의 교훈을 제대로 이해하지 못한 것 같은데."

방울새가 한마디 했다.

"뭐라고?"

물쥐가 꽥 고함쳤다.

"교훈이라고 했어."

"이야기에 교훈이 있다고 말하는 거야?"

"당연하지."

방울새가 말했다.

"음, 정말이지, 나한테 이야기를 시작하기 전에 미리 말해 줬어야지. 그랬다면 분명 네 이야기를 귀담아 듣지 않았을 거야. 사실, 나는 이렇게 말했을 거야. 그 비평가처럼 '흥'이라고 말이야. 지금 내가 그렇게 말할 거야."

물쥐가 무척 화난 듯 말했다. 그러고는 목청껏 '흥'이라고 외쳤다. 물쥐는 꼬리를 휙 움직이더니 구덩이로 쏙 들어가 버렸다.

잠시 뒤, 어미 오리가 아장아장 걸어와 말했다.

"저 물쥐를 어떻게 생각해? 내가 보기에 물쥐는 장점이 많아. 하지만 자식을 키우는 어미의 입장에서 보자면, 저런 고집쟁이 독신주의자는 정말 불쌍해."

방울새가 대답했다.

"미안하지만 내가 물쥐를 귀찮게 했어. 사실은 말이야, 내가 물쥐한테 교훈이 있는 이야기를 해 줬거든."

"아! 그건 언제나 무척이나 위험한 일이지."

어미 오리가 말했다.

나도 어미 오리의 말에 전적으로 동의한다.

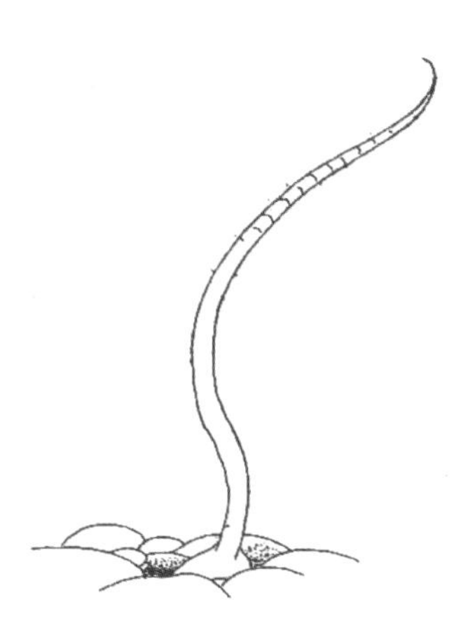

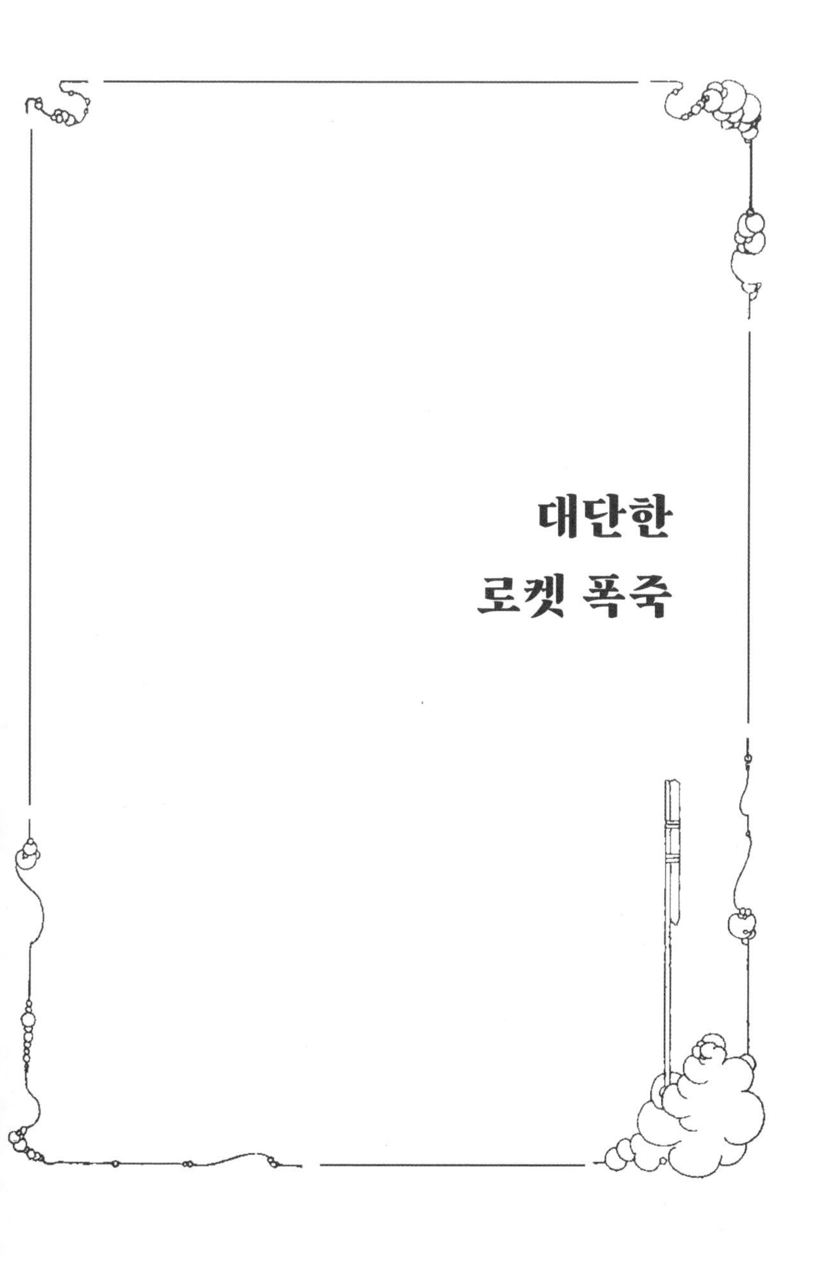

대단한
로켓 폭죽

왕의 아들이 곧 결혼할 예정이었다. 그래서 모두 대단히 기뻐했다. 왕자는 꼬박 일 년 동안 신부를 기다렸는데, 마침내 신부가 도착했다. 신부는 러시아 공주로, 핀란드에서 여섯 마리 순록이 끄는 썰매를 타고 왔다. 썰매는 커다란 황금 백조 모양이었는데, 백조의 날개 사이에 사랑스러운 공주가 앉아 있었다. 공주의 기다란 털가죽 망토는 발까지 끌렸다. 머리에는 은색 천으로 짠 작은 모자를 썼다. 공주는 그동안 줄곧 살던 '눈 궁전'만큼이나 창백한 모습이었다. 어찌나 창백한지 길거리에서 지켜보던 사람들이 놀랄 지경이었다.

"공주가 하얀 장미 같아!"

발코니에서 사람들이 소리치며 공주에게 꽃을 던졌다.

왕자는 공주를 맞으러 성문에서 기다리고 있었다. 왕자의 눈동자는 꿈을 꾸는 듯한 보랏빛에, 머리카락은 황금빛이었다. 왕자는 공주를 보자 한쪽 무릎을 꿇고 공주의 손에 입을 맞추었다.

"당신 초상화는 아름다웠습니다. 하지만 실제로 보니 당신은 초상화보다 훨씬 더 아름답군요."

왕자가 속삭였다. 그러자 사랑스러운 공주는 얼굴을 붉혔다.

"공주가 전에는 흰 장미처럼 보였는데 지금은 붉은 장미처럼 보이네요."

어린 시종이 옆 사람에게 말했다. 궁정에 있던 사람들은 어린 시종의 말에 모두 기뻐했다. 그 뒤로 사흘 동안 모두 이렇게 말하며 돌아다녔다.

"흰 장미, 붉은 장미, 붉은 장미, 흰 장미."

왕은 그 어린 시종의 봉급을 두 배로 올려 주라고 명령했다. 시종은 봉급을 한 푼도 받지 않았기에 쓸모가 없었지만, 어쨌든 대단한 명예로 여겼다. 이 시종의 소식은 궁정 신문에도 크게 실렸다.

사흘이 지나고 결혼식이 열렸다. 실로 결혼식이 화려하

CHARLES ROBINSON

게 거행되었다. 신부와 신랑은 손을 맞잡고 작은 진주로 수놓은 새빨간 비단 캐노피 아래로 걸어갔다. 그러고 나서도 공식 연회가 다섯 시간 동안 이어졌다. 왕자와 공주는 대연회장 높은 자리에 앉아 투명한 크리스털 잔을 들었다. 진정한 연인만이 이 잔으로 마실 수 있었다. 만약 거짓 입술이 이 잔에 닿으면 잔이 구름처럼 잿빛으로 탁하게 변한다.

"두 사람이 서로 사랑하는 게 분명해요. 잔의 색이 변하지 않았거든요."

어린 시종이 말했다. 그러자 왕은 그 시종의 봉급을 또 두 배로 올려 주었다.

"정말 대단한 명예로군!"

신하들이 일제히 소리쳤다.

연회가 끝나자 무도회가 열렸다. 신부와 신랑은 아름다운 춤을 함께 추기로 했다. 왕은 자신이 직접 피리를 불겠다고 했다. 왕의 연주 실력은 형편없었지만, 감히 왕에게 곧이곧대로 말하려는 사람은 없었다. 왕이니까 말이다. 사실, 왕은 단 두 가지 멜로디밖에 몰랐다. 게다가 자기가 지금 어떤 멜로디를 연주하고 있는지 제대로 알지도 못했다. 하지만 그런 건 아무 상관이 없었다. 왕이 뭘 하든, 모두가 이렇게 외쳤으니까.

"정말 대단해요! 정말 대단해요!"

결혼식 행사의 대미를 장식할 마지막 순서는 성대한 불꽃놀이였다. 불꽃놀이는 정확히 자정에 시작될 예정이었다. 사랑스러운 공주는 평생 불꽃놀이를 한 번도 본 적이 없었다. 그래서 왕은 왕실 불꽃 전문가가 공주의 결혼식에 반드시 참석해야 한다고 명령을 내렸다.

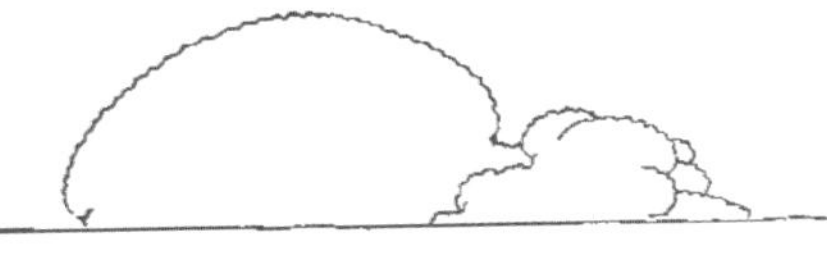

"불꽃놀이는 어떤가요?"

어느 날 아침에 공주가 테라스를 걸으며 왕자한테 물었다. 그때 왕이 말했다. 왕은 다른 사람의 질문에 늘 자기가 나서서 대답했다.

"불꽃놀이는 북극광, 오로라를 닮았단다. 오로라가 훨씬 더 자연스럽기는 하지. 하지만 나는 별보다 불꽃놀이를 더 좋아한단다. 불꽃은 언제 나타날지 늘 알 수 있으니까. 불꽃놀이는 내 피리 연주만큼이나 흥겹기도 하지. 공주도 분명 불꽃놀이를 보게 될 것이다."

왕의 정원 한구석에 커다란 관람석이 마련되었다. 왕실 불꽃 전문가가 모든 걸 설치하자마자, 불꽃들이 서로 이야기를 주고받기 시작했다.

"세상은 무척 아름다워. 저 노란색 튤립을 봐. 와! 만약 저게 진짜 딱총 불꽃이라 할지라도 이보다 더 사랑스러울 수는 없을 거야. 나는 먼 길을 여행 와서 무척 기뻐. 여행을 하면 기분이 좋아지거든. 편견도 사라지지."

작은 폭죽이 말했다.

"왕실 정원이 세상의 전부는 아니야, 이 멍청한 폭죽아.

세상은 엄청나게 넓어. 세상을 속속들이 다 보려면 사흘은 걸릴걸."

커다란 통형 불꽃이 말했다.

"네가 사랑하는 곳은 어디든 네 세상이야. 하지만 사랑은 더 이상 그리 대단하지 않아. 시인들이 사랑을 죽여 버렸지. 시인들이 사랑에 대해 시를 엄청나게 쓰는 바람에 이제 사랑을 믿는 사람은 아무도 없어. 나는 하나도 놀랍지 않아. 진정한 사랑은 고통일 뿐이야. 그리고 침묵일 뿐이지. 한때의 나 자신을 기억해. 하지만 이제 그런 건 아무 상관이 없어. 로맨스는 과거의 일일 뿐이야."

생각에 잠긴 회전 폭죽이 소리쳤다. 이 회전 폭죽은 예전에 낡은 전나무 상자를 사랑했었다. 그래서 자신의 상처에 자부심이 대단했다.

"말도 안 돼! 로맨스는 결코 죽지 않아. 로맨스는 달과 같아서 영원히 산다고. 예를 들어, 저 신부와 신랑은 서로 열렬히 사랑해. 나는 오늘 아침에 갈색 포장지 탄약통한테서 그 이야기를 다 들었어. 그 탄약통은 우연히 나랑 같은 서랍 속에 들어 있었는데, 최신 궁정 소식을 잘 알고 있었거든."

통형 불꽃이 말했다. 회전 폭죽은 고개를 절레절레 저으며 중얼거렸다.

"로맨스는 죽었어, 로맨스는 죽었어, 로맨스는 죽었어."

회전 폭죽은 같은 걸 수없이 반복해서 말하면 그 말이 결국 진실이 된다고 믿고 있었다. 갑작스럽게 메마른 기침 소리가 날카롭게 들려왔다. 모두 주변을 둘러봤다. 건방져 보이는 기다란 로켓 폭죽이었다. 로켓 폭죽은 기다란 막대기 끝에 묶여 있었다. 로켓 폭죽은 자신이 뭔가 의견을 제시하기 전에 사람들의 관심을 끌려고 늘 기침을 해 댔다.

"에헴! 에헴!"

불쌍한 회전 폭죽만 빼고 모두 귀를 기울였다. 회전 폭죽은 여전히 고개를 절레절레 저으며 "로맨스는 죽었어."라고 중얼거릴 뿐이었다.

"정숙! 정숙!"

딱총 불꽃이 소리쳤다. 딱총 불꽃은 살짝 정치적이어서 늘 지역 선거에서 두드러진 역할을 맡았다. 딱총 불꽃은 의회에 적합한 표현을 쓸 줄도 알았다.

"완전히 죽었어."

회전 폭죽은 그렇게 속삭이고는 잠을 자러 가 버렸다.

사방이 모두 조용해지자, 로켓 폭죽은 세 번째로 기침을 하고는 이야기를 시작했다. 느릿느릿하지만 아주 또랑또랑하게 말했다. 마치 자신의 기억을 받아쓰기라도 하는 것 같았다. 그러면서 늘 어깨 너머로 자신의 이야기를 듣는 사람들을 살펴보았다. 로켓 폭죽은 예의범절이 정말로 뛰어났다.

"왕의 아들치고는 정말 운이 좋아. 그 사람은 나를 하늘로 쏘아 올리는 날에 결혼식을 올리잖아. 정말이지, 미리 일정을 잡지 않았다면 일이 이렇게 순조롭게 진행될 수 있었겠어? 어쨌거나 왕자는 늘 운이 좋아."

"세상에나! 나는 정반대라고 생각했는데. 왕자 덕분에 우리가 하늘로 쏘아 올려지는 거라고 말이야."

작은 폭죽이 말했다.

"너는 그럴지도 모르지. 네가 그렇다는 건 의심의 여지가 없어. 하지만 내 경우는 달라. 나는 무척이나 대단한 로켓 폭죽이야. 대단한 부모님한테서 태어났지. 우리 엄마는 당대 최고로 유명한 회전 폭죽이었어. 우아한 춤으로 소문이 자자했지. 우리 엄마가 대중 앞에서 멋지게 모습을 드러낸 날 열아홉 번이나 빙글빙글 돌고는 꺼졌어. 매번 돌 때마다 하늘에 분홍색 별을 일곱 개씩 내뿜었지. 엄마는 직경이 거의 1미터 정도였어. 최고의 화약으로 속을 꽉꽉 채웠지. 우리 아빠는 나처럼 로켓 폭죽이고, 프랑스 태생이야. 아빠가 엄청 높이 날아가서, 사람들은 아빠가 다시는 아래로 내려오지 못할까 봐 걱정했다니까. 하지만 아빠는 돌아왔어. 아빠는 친절한 성품을 타고났거든. 아빠는 황금색 비를 뿌리며 무척이나 훌륭하게 내려왔어. 신문에서는 침이 마르도록 아빠의 공연을 칭찬했어. 궁정 신문은 아빠를 불끝 예술의 승리라고 불렀지."

로켓 폭죽이 말했다.

"불끝? 불끝이 아니라 불꽃을 말하는 거겠지. 나는 그게 불꽃이라는 걸 알아. 나를 담고 있는 상자 위에 그렇게 적혀 있는 걸 봤거든."

벵골 불꽃이 말했다.

"음, 나는 불꽃이라고 분명히 말했어."

로켓 폭죽이 힘주어 대답했다. 벵골 불꽃은 맥을 못 추는 느낌이 들었다. 벵골 불꽃은 자신이 여전히 아주 중요한 인물이라는 것을 보여 주려고 작은 폭죽을 놀려 댔다.

"나는 말하고 있었잖아. 내가 말하고 있었잖아. 내가 무는 말을 하고 있었지?"

로켓 폭죽이 말했다.

"네 자신에 대해 말하고 있었어."

통형 불꽃이 알려 줬다.

"그렇지. 내가 매우 흥미로운 주제를 말하고 있었지. 그런데 누가 무례하게 끼어들었어. 나는 무례함과 온갖 비매너를 엄청나게 싫어해. 나는 매우 예민하거든. 이 세상을 통틀어 나처럼 예민한 사람은 아무도 없을 거야. 정말이야."

"예민한 사람은 어떤데?"

딱총 불꽃이 통형 불꽃에게 물었다.

"자기 발가락에 티눈이 있다고 해서 늘 다른 사람의 발가락을 밟으려고 하지."

통형 불꽃이 나지막하게 속삭였다. 딱총 불꽃은 하도 웃겨서 하마터면 빵 터져 버릴 뻔했다.

"이봐, 뭐가 그렇게 우습지? 나는 하나도 안 웃긴데."

로켓 폭죽이 물었다.

"나는 행복해서 웃는 거야."

딱총 불꽃이 대답했다.

"정말 아주 이기적인 이유로군. 너는 무슨 권리로 행복하지? 너는 다른 사람들도 생각해야 해. 그러니까 사실, 넌 내 생각을 좀 해 줘야 해. 나는 늘 내 자신을 생각하거든. 나는 다른 사람들이 모두 나처럼 행동하기를 바라. 그게 바로 공감인 거야. 공감은 아름다운 덕목이지. 나는 상당히 공감을 잘해. 생각해 봐. 예를 들어, 오늘 밤에 내게 무슨 일이 생긴다면, 모두에게 얼마나 불행이겠어! 왕자와 공주는 다시는 행복하지 못할 거야. 둘의 결혼 생활은 온통 엉망이 될 거라고. 그렇게 되면 왕은 그 상황을 극복하지 못할 거야. 정말이지, 내가 얼마나 중요한 존재인지 생각하면 너무 감동해서 눈물이 날 것 같다니까."

로켓 폭죽이 말했다.

"만약 네가 다른 사람들에게 기쁨을 주고 싶다면, 네 몸을 뽀송뽀송하게 유지하는 게 좋을 거야."

통형 불꽃이 큰 소리로 말했다.

"당연하지. 그건 상식이야."

벵골 불꽃이 외쳤다. 벵골 불꽃은 이제 기분이 좀 나아졌다.

"상식이라고, 설마! 너는 내가 무척 보기 드물고, 매우 진기하다는 걸 잊었어. 이봐, 누구나 상식은 있어. 상상력이 없다면 말이야. 하지만 내게는 상상력이 있어. 나는 사물을 있는 그대로 결코 생각하지 않거든. 나는 늘 사물을 완전히 다르게 생각해. 내 자신을 뽀송뽀송하게 유지해야 한다고? 여기 있는 어느 누구도 나의 이런 감성을 제대로 파악하지 못해. 다행스럽게도 나는 그런 건 별로 신경 쓰지 않아. 평생 동안 나를 기운 나게 하는 건 다른 사람들이 무척 열등하다는 생각뿐이야. 이것이 바로 내가 늘 갈고 닦는 감정이야. 하지만 너희에게는 그런 감정이 조금도 없어. 너희는 왕자와 공주가 지금 막 결혼했다는 걸 잊은 듯이 웃고 떠들고 있잖아."

로켓 폭죽이 화를 내며 말했다.

"음, 정말이지, 왜 그러면 안 되는데? 지금은 가장 흥겨운 때야. 내가 하늘로 솟아오르면, 나는 별들에게 그 모든 이야기를 들려줄 생각이야. 내가 사랑스러운 신부에 대해 별들에게 말해 줄 때, 너희는 별들이 반짝이는 걸 보게 될 거야."

작은 꽃불 기구가 외쳤다.

"아! 정말 삶에 대한 형편없는 생각이로군! 하지만 그건 내가 예상한 대로야. 너희는 아무 생각도 없어. 너희는 속이 텅텅 비었어. 이봐, 어쩌면 왕자와 공주는 깊은 강이 흐르는 시골에 가서 살지도 몰라. 그곳에서 아들 하나만 낳을지도 모르고. 왕자처럼 금발에 보랏빛 눈동자의 귀여운 아이 말이야. 언젠가 그 아이는 보모와 함께 밖으로 아장아장 걸어 나올지도 모르지. 그 보모는 커다란 딱총나무 아래에서 잠이 들지도 몰라. 그 아이는 깊은 강물에 빠져 죽을지도 모르고. 정말 끔찍한 불운이야! 불쌍한 사람들, 외아들을 잃다니! 그건 너무 끔찍해! 나는 절대 그런 일을 이겨 내지 못할 거야."

로켓 폭죽이 말했다.

"하지만 왕자와 공주는 외아들을 잃지 않았어. 왕자와 공주에게 어떤 불운도 닥치지 않았다고."

통형 불꽃이 말했다.

"그런 일이 일어났다고 말한 적 없어. 그럴 수도 있다고 말한 것뿐이야. 이미 외아들을 잃었다면, 이렇게 말하는 건 아무 쓸모도 없을 거야. 나는 소 잃고 외양간 고치는 사람들을 정말 싫어해. 그 사람들이 외아들을 잃게 된다면, 나는 분명 크게 상처를 받겠지."

로켓 폭죽이 대답했다.

"너는 분명 그럴 거야! 넌 내가 지금껏 만나 본 사람 중에 최고로 감정적인 사람이야."

벵골 불꽃이 크게 외쳤다.

"너는 내가 지금껏 만나 본 사람 중에 가장 무례한 녀석이야. 너는 왕자에 대한 내 우정을 이해하지 못해."

로켓 폭죽이 말했다.

"이봐, 너는 왕자를 알지도 못하잖아?"

통형 불꽃이 으르렁거렸다.

"왕자를 안다고 말한 적 없어. 내가 감히 말하는데, 내가 왕자를 알았다면 왕자와 절대 친구가 되지 않았을 거야. 친구가 된다는 건 무척 위험하거든."

로켓 폭죽이 대답했다.

"너는 정말이지 네 몸을 뽀송뽀송하게 유지해야겠어. 그게 가장 중요해."

꽃불 기구가 말했다.

"그게 너한테는 무척 중요하겠지. 그건 확실해. 하지만 만약 나보고 선택하라고 한다면, 나는 울고 말 거야."

로켓 폭죽이 대답했다. 실제로 로켓

폭죽은 눈물을 왈칵 쏟아 냈다. 눈물이 막대기를 타고 빗방울처럼 흘러내려, 작은 딱정벌레 두 마리가 하마터면 눈물에 빠져 죽을 뻔했다. 딱정벌레들은 함께 살 집을 지으려고 근사한 장소를 찾아 보던 중이었다.

"저 녀석은 분명 본성이 로맨틱한 게 틀림없어. 전혀 울 일도 아닌데 울음을 터트리잖아."

회전 폭죽이 한숨을 깊이 내쉬며 말했다. 그러고는 한때 사랑에 빠졌던 전나무 상자를 떠올렸다. 하지만 통형 불꽃과 벵골 불꽃은 매우 화가 나서 목청껏 떠들어 댔다.

"엉터리! 허튼소리!"

이들은 무척이나 실용적이어서, 자신들의 생각과 반대되는 말은 모두 허튼소리라고 불렀다.

이윽고 달이 멋진 은빛 방패처럼 떠올랐다. 별이 빛나기 시작했다. 음악 소리가 궁전에서 흘러나왔다. 왕자와 공주는 춤추기 시작했다. 둘은 무척이나 아름답게 춤을 추어서 키 큰 흰색 백합이 창문 안으로 들여다보며 구경했다. 커다란 붉은 양귀비는 고개를 끄덕이며 장단을 맞추었다. 이윽고 10시가 되고, 11시가 되고, 마침내 12시가 되었다. 자정을 알리는 마지막 종소리에 모두 테라스로 나왔다. 왕은 왕실 불꽃 전문가를 불러들였다.

"불꽃놀이를 시작하도록 하라."

왕이 명령을 내렸다. 왕실 불꽃 전문가는 고개를 까딱 숙여 인사하고는, 정원 구석으로 당당히 걸어갔다. 그 옆에는 조수 여섯 명이 있었는데, 각자 기다란 막대기 끝에 불을 붙인 횃불을 들고 있었다.

정말 대단한 공연이었다. 슝! 슝! 회전 폭죽이 발사되었다. 회전 폭죽은 빙글빙글 돌았다. 펑! 펑! 통형 불꽃이 발사되었다. 이윽고 폭죽이 궁전 곳곳에서 춤을 추고, 벵골 불꽃이 모든 걸 진홍색으로 물들였다.

"잘 있어."

꽃불 기구가 작은 파란색 불똥을 떨어트리며 하늘로 솟구쳐 올랐다. 빵! 빵! 딱총 불꽃이 대답했다. 딱총 불꽃은 이 순간을 무척 즐기고 있었다. 모두 엄청난 성공을 거두었다. 단, 그 대단한 로켓 폭죽만 빼고 말이다. 로켓 폭죽은 눈물로 흠뻑 젖어 있어서 발사가 전혀 되지 않았다. 로켓 폭죽에게 제일 중요한 건 화약이었다. 그런데 화약도 눈물로 흠뻑 젖어 있어서 아무 쓸모가 없었다. 로켓 폭죽이 비아냥거리던 친척들은 모두 불꽃을 품고 근사한 황금색 꽃

CHARLES ROBINSON

처럼 하늘로 솟아올랐다. 만세! 만세! 궁정 사람들이 소리쳤다. 사랑스러운 공주는 기쁨에 겨워 활짝 웃었다.

"사람들이 중요한 순간을 위해 나를 남겨 둔 게 분명해. 틀림없어."

로켓 폭죽은 전보다 더 의기양양하게 말했다.

다음 날, 일꾼들이 뒷정리를 하러 왔다.

"사절단이 분명해. 나는 저들을 위엄 있게 맞을 거야."

로켓 폭죽이 말했다. 로켓 폭죽은 코를 높이 쳐들고, 마치 아주 중요한 주제를 생각하고 있는 것처럼 얼굴을 찌푸렸다. 하지만 일꾼들은 로켓 폭죽은 거들떠보지도 않고 그냥 지나쳐 갔다. 그러다 한 사람이 로켓 폭죽을 발견했다.

"이것 봐! 정말 쓸모없는 로켓 폭죽이야!"

그러고는 담 너머 도랑으로 로켓 폭죽을 휙 던져 버렸다.

"쓸모없는 로켓 폭죽이라고? 쓸모없는 로켓 폭죽이라고? 말도 안 돼! 나는 대단히 쓸모 있는 로켓 폭죽이라고. 저 사람은 '쓸모 있다'라고 말한 거야. 쓸모없다와 쓸모 있다는 아주 비슷하게 들려. 사실 둘은 이따금 서로 같지."

로켓 폭죽은 허공을 빙그르르 돌며 혼잣말했다. 그러다 진흙에 툭 떨어졌다.

“여기는 불편하군. 그래도 최신식 온천 도시인 게 분명해. 아마 건강을 회복하라고 이렇게 멀리 날 보낸 거야. 내 신경이 아주 많이 망가져 있긴 해. 내겐 휴식이 필요해.”

로켓 폭죽이 말했다. 그때 밝은 보석 같은 눈에 온몸이 얼룩덜룩 초록색으로 뒤덮인 자그마한 개구리 한 마리가 헤엄쳐 다가왔다.

“새로 왔군. 척 보니 알겠네! 음, 결국 진흙만 한 건 없지. 비 오는 날씨와 도랑만큼 나를 행복하게 하는 건 없어. 오후에 날씨가 축축할 거 같아? 확실히 그랬으면 좋겠어. 하지만 하늘은 꽤 푸르고 구름 한 점 없어. 참 안타깝네!”

개구리가 말했다.

“에헴! 에헴!”

로켓 폭죽이 기침을 하기 시작했다.

“네 목소리 정말 유쾌하구나! 개골개골 우는 소리를 무척 닮았어. 물론 개골개골 우는 소리는 이 세상에서 가장 리드미컬하지. 너는 오늘 밤에 우리 개구

리 학생 합창단의 노래를 듣게 될 거야. 우리는 농부 집 근처에 있는 오래된 오리 연못에 앉아 있지. 달이 떠오르자마자 우리는 노래를 시작해. 사람들이 모두 잠에서 깬 채 우리 노래에 귀 기울이는 건 무척이나 매혹적이야. 어제만 해도 농부의 아내가 자기 엄마한테 우리 때문에 밤에 한숨도 못 잤다고 말하더라. 우리가 이처럼 인기가 많다니 정말 기뻐."

개구리가 소리쳤다.

"에헴! 에헴!"

로켓 폭죽은 화가 났다. 자기가 끼어들 수 없다는 게 짜증스러웠다.

"정말 기분 좋은 목소리야, 틀림없어. 네가 오리 연못에 오면 정말 좋겠어. 이제 나는 가서 딸들을 찾아 봐야 해. 내게는 아름다운 딸이 여섯 있어. 우리 딸들이 강꼬치고기를 만날까 겁이 나거든. 강꼬치고기는 완전히 괴물이야. 내 딸들을 마구 잡아먹으려고 해. 음, 잘 있어. 대화 정말 즐거웠어, 정말이야."

개구리가 계속 혼자 말했다.

"대화라고, 세상에나! 내내 너 혼자 떠들었잖아. 그건 대화가 아니야."

로켓 폭죽이 말했다.

"누군가 분명 들었어. 나는 이렇게 혼자 내내 떠드는 게 좋아. 시간을 절약해 줄 뿐만 아니라 말씨름도 막아 주지."

개구리가 대답했다.

"나는 말씨름을 좋아하거든."

로켓 폭죽이 말했다.

"그러지 않으면 좋겠다."

개구리가 점잖게 말했다.

"말씨름은 너무 상스러워. 훌륭한 사교계에 있으면 의견이 모두 똑같으니까. 이제 정말 안녕. 저기 멀리 내 딸들이 보이네."

작은 개구리는 멀리 헤엄쳐 갔다.

"너는 정말 짜증스럽구나. 버르장머리도 너무 없어. 누군가 자신에 대해 할 이야기가 많은데 너처럼 자기 이야기만 하는 사람이 정말 싫어. 나는 그런 걸 이기적인 행동이라고 불러. 이기적인 행동은 가장 가증스러워. 특히 나 같은 기질을 지닌 사람에게는 더더욱 그래. 나는 공감을 잘하니까. 그러니 너는 나를 본보기로 삼아야 해. 너한테 더 좋은 모델은 없을걸. 이제 너는 좋은 기회를 갖게 될 거야. 나는 지금 당장 궁정으로 돌아갈 계획이거든. 궁정 사람들이 나를 엄청 좋아해. 왕자와 공주는 나를 기리기 위해 어제 결혼식을 올렸어. 물론 너는 그런 건 아무것도 모르겠지. 왜냐하면 너는 시골뜨기니까."

로켓 폭죽이 말했다.

"말해 봐야 아무 소용없어. 아무 소용이 없다고. 개구리는 벌써 가 버렸거든."

커다란 갈색 갈대 위에 앉은 잠자리가 말했다.

"음, 그건 개구리 손해지 내 손해가 아니야. 나는 개구리가 관심을 갖지 않아도 이야기를 계속할 테니까. 나는 내 이야기를 하는 걸 좋아해. 그건 내 최고의 기쁨이지. 이따금 나는 혼자서도 긴 대화를 해. 어찌나 똑똑한지 나는 내가 하는 말을 한 마디도 이해하지 못할 때도 있다니까."

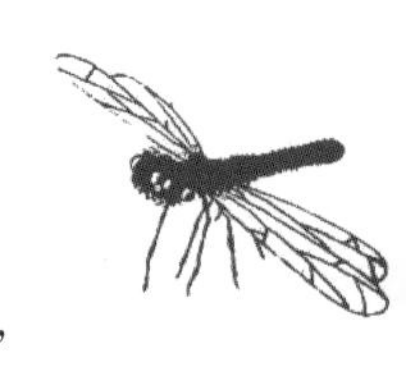

로켓 폭죽이 대답했다.

"그렇다면 너는 철학 강의를 해야겠구나."

잠자리가 말했다. 그러고는 가냘픈 날개를 펴고 하늘 높이 날아가 버렸다.

"여기에 남아 있지 않다니 정말 어리석군! 저 녀석은 자신의 마음을 개선할 좋은 기회를 자주 갖지 못한 게 분명해. 하지만 상관없어. 나 같은 천재는 언젠가 가치를 인정받을 테니까."

로켓 폭죽이 말했다. 로켓 폭죽은 진흙에 좀 더 깊숙이 가라앉았다.

한참 뒤, 커다란 흰색 오리 한 마리가 로켓 폭죽한테 헤엄쳐 왔다. 오리는 노란색 다리에 발에는 물갈퀴가 달려 있었다. 사람들은 아장아장 걷는 오리의 모습을 정말 아름답다고 생각했다.

"꽥, 꽥, 꽥. 너 정말 희한하게 생겼다! 원래 태어날 때부터 그런 모습이었니? 아니면 사고 때문에 그렇게 된 거니?"

오리가 물었다.

"너는 평생 시골에서만 산 게 분명하군. 그렇지 않다면 내가 누군지 알았을 텐데 말이야. 하지만 네 무지를 용서해 줄게. 다른 사람들이 나만큼 대단하다고 기대하기란 힘들지. 내가 하늘로 날아갈 수 있고, 황금색 비를 뿌리며 내려올 수 있다는 말을 들으면 너는 분명 깜짝 놀랄 거야."

로켓 폭죽이 대답했다.

"나는 그게 그렇게 대단하다고 생각하지 않아. 그런 게 뭔 쓸모가 있는지도 잘 모르겠거든. 자, 네가 소처럼 밭을 갈 수 있다면, 또는 말처럼 마차를 끌 수 있다면, 또는 양치기 개처럼 양들을 돌볼 수 있다면, 그게 대단한 거겠지."

"이런, 이제 보니 너는 하류층이로구나. 나 정도의 위치에 있으면 결코 그런 일을 하지 않아. 우리는 충분히 그 이상으로 성취를 이뤘어. 나는 어떠한 노동도 할 마음이 없어. 네가 추천할 것처럼 보이는 그런 노동은 차치하고서라도 말이야. 그렇게 힘든 일은 달리 할 일이 없는 사람들의 피난처라고 늘 생각했거든."

로켓 폭죽이 무척 오만불손하게 소리쳤다.

"이런, 이런! 사람들은 누구나 취향이 다 달라. 네가 여기에서 어느 정도 자리 잡기를 바랄게."

오리가 말했다. 오리는 기질이 무척 온순해서 다른 사람과 말다툼을 해 본 적이 없었다.

"아! 세상에, 아니야. 나는 이곳에 잠깐 들른 거야. 아주 고귀한 손님이지. 이곳은 약간 지루해 보여. 이곳에는 사교계도 없고, 사생활도 없어. 이곳은 본질적으로 변두리야.

나는 확실히 궁정으로 돌아가야 해. 나는 이 세상에 센세이션을 불러일으킬 운명을 타고났거든."

로켓 폭죽이 소리쳤다. 그러자 오리가 말했다.

"내가 직접 공직 생활을 해 볼까 생각한 적이 있었어. 뜯어고쳐야 할 일이 너무 많았거든. 예전에 어떤 모임에서 회장을 맡은 적이 있었어. 우리는 우리가 좋아하지 않는 것을 모두 금지시키는 결의안들을 통과시켰지. 하지만 그게 그다지 큰 효과는 없었던 것 같아. 이제 나는 가정생활로 돌아가서 내 가족을 돌볼 거야."

"나는 공적인 삶을 위해 태어났어. 내 친척들도 모두 마찬가지고. 가장 보잘것없는 친척이라 하더라도 말이야. 우리는 나타날 때마다 커다란 관심을 불러일으켰어. 내가 직접 나타난 적은 없었지만, 내가 만약 나타나면 엄청난 장면이 될 거야. 가정생활과 관련해서 말인데, 그건 사람을 빨리 늙게 해. 게다가 고귀한 것들을 잊게 한다고."

로켓 폭죽이 말했다.

"아! 인생의 고귀한 것들. 그건 정말 근사해! 그 말을 들으니 갑자기 배가 고프네!"

오리는 개울을 따라 멀리 헤엄쳐 가며 말했다.

"꽥, 꽥, 꽥."

"돌아와! 돌아와! 나는 할 말이 엄청 많아."

로켓 폭죽이 소리쳤다. 하지만 오리는 관심을 기울이지 않았다.

"오리가 가 버려서 다행이야. 오리는 정말이지 중산층의 마음이 있어."

로켓 폭죽은 혼잣말을 했다. 그러고는 진흙 속으로 좀 더 깊이 가라앉았다. 로켓 폭죽은 천재의 외로움에 대해 생각하기 시작했다. 그때 갑자기 하얀색 작업복을 입은 어린 남자아이 둘이 주전자와 작은 나뭇가지를 들고 강둑을 따라 달려 내려왔다.

"분명 사절단일 거야."

로켓 폭죽은 무척 위엄 있게 보이려 애썼다.

"야! 이 낡은 막대기 좀 봐! 어쩌다 이런 곳에 있는 거지?"

남자아이 하나가 말했다. 그러고는 도랑에서 로켓 폭죽을 집어 들었다.

"낡은 막대기라고? 말도 안 돼! 황금 막대기라고 했겠지. 황금 막대기가 훨씬 듣기 좋은 말이야. 저 녀석은 나를 궁정 고관으로 착각한 거야."

로켓 폭죽이 말했다.

"이걸 불에 넣어 버리자! 주전자가 더 잘 뜨거워질 거야."

다른 녀석이 말했다.

아이들은 곧 나뭇가지들을 함께 쌓고, 로켓 폭죽을 그 위에 올리고는 불을 피웠다.

"이거 정말 엄청난데. 저 녀석들이 나를 한낮에 쏘아 올리려나 봐. 모두가 나를 볼 수 있게 말이야."

로켓 폭죽이 소리쳤다.

"자, 이제 저쪽에서 잠 좀 자자. 우리가 깨어나면 주전자가 끓고 있을 거야."

아이들은 이렇게 말하고는 풀밭에 누워 눈을 감았다. 로켓 폭죽은 온몸이 무척 축축했다. 그래서 타오르기까지 시간이 한참 걸렸다. 마침내 몸에 불이 붙었다.

"이제 나는 날아갈 거야! 별보다 더 높이, 달보다 더 높이, 태양보다 더 높이 올라가겠지. 사실, 나는 엄청나게 높이 올라가서……."

로켓 폭죽은 아주 똑바로 몸을 곧추세웠다. 치직! 치직! 치직! 로켓폭죽은 곧장 하늘로 솟구쳤다.

"정말 기뻐! 나는 이렇게 영원히 날아갈 거야. 정말 대단한 성공이야!"

로켓 폭죽이 소리쳤다. 하지만 아무도 로켓 폭죽을 보지 않았다. 로켓 폭죽은 희한하게도 온몸이 따끔거리는 느낌이 들기 시작했다.

"이제 나는 폭발할 거야. 나는 온 세상을 불태울 거야. 그리고 커다란 소리를 낼 거야. 일 년 내내, 내 이야기 말고는 다른 어떤 이야기도 하지 못하게 할 거야."

로켓 폭죽이 소리쳤다.

로켓 폭죽은 분명 폭발했다. 펑! 펑! 펑! 화약이 터졌다. 그건 확실했다. 하지만 아무도 그 소리를 못 들었다. 어린 남자아이 둘도 못 들었다. 깊은 잠에 빠져 있었으니 말이다.

결국 로켓 폭죽에게는 막대기만 남았다. 막대기가 도랑 옆을 걷고 있던 거위 등에 떨어졌다.

"세상에나! 막대기 비가 내리려나 봐."

거위는 서둘러 물속으로 풍덩 들어갔다.

"내가 엄청난 센세이션을 불러올 거라고 했지."

로켓 폭죽이 숨을 몰아쉬며 말했다. 로켓 폭죽은 이내 꺼져 버렸다.

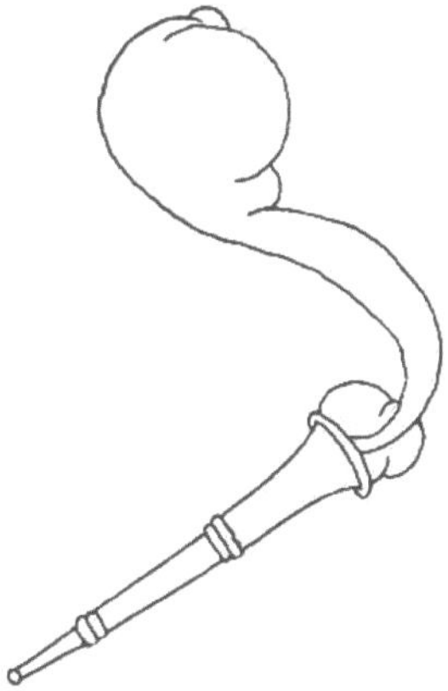

오스카 와일드 연보

1854년 10월 16일 더블린의 웨스트랜드 로우 21번 가에서 2남 1녀 중에 둘째로 태어났다. 아버지는 의사이며 고고학과 민속학에 관한 저서를 펴낸 유명한 박애주의자 윌리엄 와일드였고, 어머니는 '스페란차(이탈리아어로 희망)'라는 필명으로 시를 쓰던 제인 프란체스카 엘지 와일드였다.

1864년~1871년(10세~17세) 북아일랜드 에니스킬린의 포토라 왕립 학교에서 수학했다.

1871년~1874년(17세~20세) 포토라 왕립 학교를 졸업하고 더블린의 트리니티 칼리지에 진학했다. 지도 교수인 J. P. 마하피 교수의 영향을 받아 그리스 문학에 심취했다. 최우등상인 버클리 골드 메달을 수상했다.

1874~1878년(20세~24세) 장학금을 받고 옥스퍼드의 모들린 칼리지에서 고전을 공부했다. 특이한 옷차림과 행동으로 유명해졌다. 존 러스킨 교수와 월터 페이터 교수의 영향을 받았다. 22세가 되던 1876년에 부친이 별세했다.

1878년(24세) 〈라벤나〉라는 시로 뉴디게이트상을 수상했다. 옥스퍼드 대학교를 뛰어난 성적으로 졸업했다. 더블린에서 첫사랑 플로렌스에게 실연하고, 영국으로 건너가 1879년 런던에 정착했다.

1880년(26세) 첫 희곡 작품 《베라, 혹은 폭력 혁명주의자》를 집필했다. 런던에서 공연을 했으나 실패했다.

1881년(27세) 그간 써 왔던 시들을 수정하고 보완해서 낸 《시편들》이 비교적 호평을 받았다. 와일드의 옷차림이나 행동을 풍자하며 그의 유미주의 운동을 비꼬던 길버트와 설리번의 희극 오페라 〈인내〉가 공연되었다.

1882년(28세) 미국 순회강연을 시작했다. 4개월 예정이었으나 1년이 넘게 지속되었다. 헨리 롱펠로우, 올리버 웬들 홈스, 월트 휘트먼 등과 교유했다. 미국에서도 《베라, 혹은 폭력 혁명주의자》를 무대에 올렸으나 실패했다.

1883년(29세) 프랑스 파리에서 3개월을 보내고 귀국. 영국과 아일랜드에서 미국에 대해 개인적으로 받은 인상, 현대 사회에서 예술의 가치와 의상 등을 주제로 순회강연을 했다. 두 번째 희곡인 《파두아 공작 부인》을 집필했다.

1884년(30세) 더블린의 유명한 법정 변호사의 딸 콘스탄스 로이드와 5월 29일 결혼해 첼시에 보금자리를 꾸몄다.

1885년(31세) 첫째 아들 시릴이 태어났다. 〈팰맬 가제트〉에 예술과 인생에 관한 평론을 쓰기 시작했다.

1886년(32세) 둘째 아들 비비언이 태어났다.

1887년(33세) 대중 잡지 〈숙녀의 세계〉의 편집자가 되었다. 《캔터빌의 유령》 《비밀이 없는 스핑크스》 《아서 새빌 경의 범죄》 《모범적인 백만장자》 등의 단편을 발표했다.

1888년(34세) 창작동화집 《행복한 왕자와 그 밖의 이야기들》을 출간했다.

1889년(35세) 대화 형식 산문 《거짓말의 쇠퇴: 한 편의 대화》, 풍자적 전기인 《펜, 연필, 그리고 독》, 동화 《공주의 생일》을 발표했다.

1890년(36세) 월간지 〈리핀코츠 먼슬리 매거진〉에 13장으로 된 《도리언 그레이의 초상》을 발표했다.

1891년(37세) 논란이 되었던 동성애적 요소와 퇴폐적인 부분을 수정하고 20장으로 확대 구성한 《도리언 그레이의 초상》을 출간했다. 동화 모음집 《석류나무의 집》을 출간했다. 앨프레드 더글러스 경과의 우정이 시작되었다.

1892년(38세) 희극 〈윈더미어 부인의 부채〉가 처음으로 런던에서 상연되어 큰 성공을 거두었다. 프랑스어로 희곡 《살로메》를 집필했지만 상연이 금지되었다.

1893년(39세) 《살로메》가 프랑스에서 간행되었다. 희극 〈하찮은 여자〉가 상연되었다. 희곡 《윈더미어 부인의 부채》가 책으로 출간되었다. 앨프레드 더글러스 경과 이집트 여행을 떠났다.

1894년(40세) 마지막 희곡 작품이자 최고로 꼽히는 《진지함의 중요성》을 처음으로 상연했다. 더글러스 경의 부친 퀸즈베리 후작과 법정 싸움으로 작품의 도덕성까지 문제시되고 동성애자라는 혐의로 기소되어 2년 중노동형을 선고받았다.

11월 파산 선고를 받았다.

1896년(42세) 어머니가 별세했다. 《살로메》가 프랑스에서 상연되었다.

1897년(43세) 감옥에서 출감한 뒤 세바스천 멜모스라는 가명으로 프랑스 베르느발에 정착했다.

1898년(44세) 프랑스 파리에 정착했다. 마지막 작품으로 교도소 생활의 비참함을 다룬 《레딩 감옥에서 부르는 발라드》를 출간했다. 아내 콘스탄스가 죽었다.

1899년(45세) 《진지함의 중요성》 《이상적인 남편》이 출간되었다. 파리의 알자스 호텔로 거처를 옮겼다.

1900년(46세) 호텔 방에서 귀 수술을 받았다. 세례를 받고 로마 가톨릭교도가 되었다. 11월 30일 알자스 호텔에서 뇌막염으로 별세했다. 파리 외곽 바뇌 공동묘지에 묻혔다.

1909년 유해가 파리 시내 페르 라셰즈 공동묘지로 이관되었다.

옮긴이 **김선희**

한국외국어대학교를 졸업하고 대학원에서 '외국어로서의 한국어 교육'을 전공했다. 단편소설 「십자수」로 근로자문화예술제 대상을 수상했으며, 뮌헨국제청소년도서관(IJB) 펠로십(Fellowship)으로 아동 및 청소년 문학을 연구했다. 현재 '김선희's 언택트 번역교실'을 운영하며 그동안 『윔피 키드』 『드래곤 길들이기』 『구스범스』 시리즈와 『마지막 이야기 전달자』 『팍스』 『베서니와 괴물의 묘약』 등 200여 권을 우리말로 옮기고 『얼음공주 투란도트』 『우리 음식에 담긴 12가지 역사 이야기』 등 10여 권의 책을 썼다.

행복한 왕자

1913년 오리지널 초판본 표지디자인

초판 1쇄 펴낸 날 2023년 5월 25일

지 은 이 오스카 와일드
옮 긴 이 김선희
펴 낸 이 장영재
펴 낸 곳 (주)미르북컴퍼니
자 회 사 더스토리
전 화 02)3141-4421
팩 스 0505-333-4428
등 록 2012년 3월 16일(제313-2012-81호)
주 소 서울시 마포구 성미산로32길 12, 2층 (우 03983)
E-mail sanhonjinju@naver.com
카 페 cafe.naver.com/mirbookcompany
인스타그램 www.instagram.com/mirbooks

* (주)미르북컴퍼니는 독자 여러분의 의견에 항상 귀 기울이고 있습니다.
* 파본은 책을 구입하신 서점에서 교환해 드립니다.
* 책값은 뒤표지에 있습니다.